유용주 시선집

낙엽

박남준 · 안상학 · 한창훈 · 이정록 뽑음

도서출판b

|시인의 말|

한 바퀴 돌았다.

솔직히 이 나이까지 살 줄 몰랐다.

내 인생을 돌아보면 집으로 가는 길이었다.

고향으로 오는 데 사십 년이 걸렸다.

친구들에게 감사드린다.

장수 다리골에서 유용주

2019. 5.

| 유용주 시선집 『낙엽』 차례 |

| 시인의 말 | ······ 5

1부 _ 가장 가벼운 짐

붉고 푸른 못 ······ 12
모든 물고기들은 물에 뿌리를 두고 있다 ······ 14
긴 하루 지나고 ······ 16
화톳불 ······ 18
당신은 상추쌈을 무척 좋아하나요 ······ 19
투명한 땀 ······ 20
집 ······ 21
서호냉동창고 현장에서 ······ 22
거푸집을 구축하면서 ······ 23
못 ······ 24
가장 가벼운 짐 ······ 26
시멘트 ······ 27
목수는 흔적을 남기지 않는다 ······ 28
전포동 ······ 30
가장 큰목수 ······ 31
스승 김인권 ······ 32

2부 _ 크나큰 침묵

출감 ······ 36
아프리카 코끼리 ······ 37
추석 ······ 40
출근 ······ 42
아까운 놈 ······ 44
구절리 가는 길 ······ 45
마늘 까는 노인 ······ 46
끈질긴 혓바닥 ······ 47
오돌개 ······ 48
막소주 맛 ······ 50
옥선이 ······ 52
동무 생각 ······ 53
닭 이야기 ······ 54
아름다운 시절 ······ 56
꺼먹 고무신 ······ 58
대전에서 자전거 타기 ······ 61
구멍 · 1 ······ 62
구멍 · 2 ······ 63

3부 _ 은근 살짝

물 속을 읽는다 ······ 66
봄바람과 싸웠다 ······ 68
다래끼 ······ 70
배 나온 남자 ······ 72
흑백사진 ······ 74
콩나물 비빔밥 ······ 76
조개눈과 화등잔 ······ 78
집 ······ 80
건널목 ······ 82
위대한 표어 ······ 84
11월 ······ 85
군불을 피우면서 ······ 86
칼국수 먹는 구렁이 ······ 88
만수산에 드렁칡들이 ······ 90
나팔수와 펜 ······ 92
중견 ······ 94
목격자를 찾습니다 ······ 96
참깨를 베면서 ······ 98

4부 _ 서울은 왜 이렇게 추운 겨

자화상 ······ 100
뺑이라고 했다 ······ 103
묵언 ······ 106
채근담을 읽었다 ······ 108
몽정 ······ 110
제삿날 ······ 113
선풍기 ······ 116
시골 쥐 ······ 118
기름장어 ······ 120
머나먼 항해 ······ 122
취생몽사 ······ 124
이것이 인간인가 ······ 126
신분 사회 ······ 128
흙비 ······ 130
고래 ······ 131
놀양목 ······ 134
노구 ······ 136
소한 ······ 138
겨울밤 ······ 140
동행 ······ 142
낙엽 ······ 143

|해설| 홍기돈 ······ 145

1부 _ 가장 가벼운 짐

붉고 푸른 못

나무는
땅에 박힌 가장 튼튼한 못,
스스로 뿌리내려
죽을 때까지 떠나지 않는다
만신창이의 흙은
안으로 부드럽게 상처를 다스린다

별은
하늘에 박힌 가장 아름다운 못,
뿌리도 없는 것이
몇 억 광년 동안 빛의 눈물을 뿌려댄다
빛의 가장 예민한 힘으로 하느님은
끊임없이 지구를 돌린다

나는
그대에게 박힌 가장 위험스런 못,
튼튼하게 뿌리내리지도
아름답게 반짝이지도 못해
붉고 푸르게 녹슬고 있다

소독할 생각도

파상풍 예방접종도 받지 않은 그대, 의

붉고 푸른 못

모든 물고기들은 물에 뿌리를 두고 있다

당신은 민물고기를 잡아본 적이 있는가
민물고기를 만져본 적이 있는가
민물고기가 숨 쉬는 것을 바라본 적이 있는가
민물고기의 지느러미를 만져본 적이 있는가
민물고기의 알이 밴 배를 쓰다듬어본 적이 있는가
민물고기의 배를 가르고 내장을 꺼내본 적이 있는가
민물고기를 산 채로 목을 자르고 회를 떠본 적이 있는가
초고추장을 듬뿍 찍어 소주와 함께 맛나게 먹어본 적이 있는가
된장과 미나리 들깻잎 풋고추 감자 마늘 생강 온갖 양념을
넣고
매운탕이나 어죽을 끓여 먹어본 적이 있는가?
콧등에 땀이 오소솜 날 정도로 맛나게 먹어본 적이 있는가
잡숴본 적이 있는가 처먹은 적이 있는가
아아! 작은 물고기들의 눈을 똑바로 쳐다본 적이 있는가
헐떡이는 아가미를 바라본 적이 있는가
작은 물고기들이 얼마나 억센 뼈를 가지고 있는지
억센 가시는 당신들의 입천장과 식도와 위와 내장과 항문을
사정없이 찌를 것이다 쑤셔댈 것이다
피를 낼 것이다

작은 물고기들이 저마다 강한 뼈를 지니고 있는 것은
물에 뿌리를 내리고 있기 때문이다
물살을 거슬러 올라가는
강한 힘을 가지고 있기 때문이다
거스르는 아름다운 힘!
마지막까지 포기하지 않는 물고기만이
가장 깨끗한 상류에 다다를 수 있다

긴 하루 지나고

저녁 어스름 산을 내려오다 보면
화사하게 날아오르려던 지상의 나무들
모두 날개 접고 집으로 돌아간다

팔뚝에 힘줄 불끈불끈 푸르렀던 시절
바람을 향해
뜬구름을 향해
먼 하늘을 향해
무수하게 헛손질만 해대더니

더는 속을 수 없다는 듯
흙 속으로 스며드는구나
발을 뻗어
잔돌과 굼벵이의 몸을 다독거리는구나

낯선 땅 속에서도 싱싱하게 뿌리를 키워
허벅지에 피멍이 드는 줄도 모르고
무릎이 까지는 줄도 모르고
발바닥이 다 닳는 줄도 모르면서

어둠을 지탱하고 있구나
밤을 견뎌내고 있구나

어스름 저녁 산을 내려오다 보면
묵묵히 이 땅을 지키는 千世不變의
환한, 나무들

화톳불

나무의 향기는 나무의 피 냄새다 나무는 왜 죽어서도 불이 되려 할까 어째서 나무는 여름부터 봄까지 불을 피우려 하는 것일까 무엇이 한사코 재가 되면서도 불을 피우게 하는 것일까 불을 만들기 위해 나무는 더욱더 단단하고 견고하게 물을 감싸고 돈다 나무는 물의 자식, 불의 어머니 — 물로 만들어진 불의 함성을 들으면서, 나는 재로 허물어질 사람들을 생각한다 재 속에 감추어진 한줌 불을 지키기 위해 추운 겨울에도 나무를 키우는 사람들을 생각한다 겨울을 지키는, 얼음을 감싸는 나무들을 생각한다 가슴속 옹이로 남은 상처를 해체 이후의 옹벽처럼 눈부시게 다스리는 사람들, 몸에서 나는 가장 숭고한 향기 땀과 피를 온 세상에 피워올리는 낮은 사람들을 생각한다

나무는 죽으면서도 따뜻한 피의 향기를 남긴다

당신은 상추쌈을 무척 좋아하나요

보약을 먹어도 시원찮을 여름,
나무와 시멘트의 온갖 잡동사니 먼지에
땀쌈장을 만들어
볼이 터지도록 눈을 뒤집어 까며
시어머니, 삶이라는 시어머니 앞에서
훌러덩 치마 깔고 퍼질러 앉아
불경스럽게 불경스럽게……

언젠가
내 너의 머리카락을 죄 쥐어뜯고 말리라

투명한 땀

주체할 수 없구나
걸레는 빨아도 걸레라는데
누가 나를 쥐어짜는가
서늘한 이마에서 태어나
밤새 들어간 눈과 눈물을 거쳐
넓은 콧구멍 콧물과 섞여
아프리카, 아프리카 입술을 잘라내
목구멍이 웬수지 목줄을 아슬아슬 타고 내려와
적은 빗물에도 자주 방천이 나는 가슴 둑을 지나
거친 삼각주까지 쉽게 범람하고 마는구나
누가 나를 이렇게 쥐어짜는가
한없이 지루하고 먼 사막 한가운데
눈부시게 피어나는 소금기둥 하나
나의 무대
땀의 현장

집

나무 한 그루의 아픔과
벽돌 한 장의 고통이 모여
힘이 됩니다
시멘트와 모래 자갈들의 상처가 모여
주춧돌이 되고 기둥이 됩니다
불과 물과 땀의 분노와 절망이 모여
튼튼한 옹벽을 구축합니다
목수와 철근, 미장과 설비와 전공들의
피와 뼈가 조화를 이루어
마침내 한 채의 집을 완성합니다
오오, 연탄 보일러의 따뜻함이여!
문풍지 사이로 마구 몰려오는 북풍한설이여!

서호냉동창고 현장에서

어머니
오늘 하루도 나무토막 같은 몸을 일으켜
작업을 했습니다
이 투박하고 거칠은 몸도
땀과 눈물로 반죽을 하면
어머니 처녀시절 젖가슴처럼
다시 태어날 수 있을까요
이제 못 박는 일에도 이력이 붙어
생손 때려 피 흘리는 일은 없어졌지만
살아 평생 얼마나 많은 못을
어머니 가슴에 박았는지요
빼고 싶어도 뺄 수 없을 만큼
내 가슴 깊이 박혀버린
피멍든 어머니, 어머니……

거푸집을 구축하면서

힘은 유격이 있을 때에 아름답다
바짝 조여진 철삿줄을 바라보면
너무나 팽팽히 끌어당겨 끊어져버린
요절 시인의 집중된 삶이 떠오른다
튼튼한 삶의 옹벽을 구축하기 위하여
시간의 줄을 힘껏 조이는 것은 좋지만
유격이 없는 철삿줄은
작은 콘크리트의 압력에도 금방 끊어지고 만다
극한에 다다른 철사의 힘은
눈처럼 위태롭다
곧 터져버릴 것 같다
힘껏 조인 삶의 철삿줄에
약간의 유격을 주자
한 많은 상처의 힘에
반 바퀴 정도의 여유를 허락하자
긴장과 탄력으로 탱탱해진 시간의 힘줄 위에
잠깐동안 숨돌릴 여백을 마련해보자
담배 한 개비의 참시간을 제공해주자
힘은 유격이 있을 때에 더욱 아름답다

못

못은 연결을 위한 직행노선이다
아무리 뛰어난 대목이라 할지라도
물에는 못을 박을 수 없다
물은 연격 그 자체이기에
비에도 못 박을 수 없다
구름 별 바람에게도 못 박을 수 없다
못은 그대 눈길과
내 시선이 닿을 수 있는 유효거리에서 출발한다
못은 그대 향한
집중파탄이다
단절과 단절 화해시키는 불가슴이다
격정의 피, 단독투신이다
못은 연결 위한 직통노선이다
그대 시선 너무나 까마득해
불가슴으로 다가갈 수 없을 때에도
목수들 망치 놓지 않는다
못주머니 풀지 않는다
못은 상처를 위한 가장 뚜렷한 파탄,
좋은 목수들 끈질기게 못질 계속한다

그리하여 못은 파탄을 두려워하지 않고
가까이 가려 하는 것에만 전력투신한다
모든 사랑은,
빛나는 상처의 못박힘들이다

가장 가벼운 짐

잠 속에서도 시 쓰는 일보다
등짐 지는 모습이 더 많아
밤새 꿈이 끙끙 앓는다
어제는 의료원 영안실에서 세 구의 시체가
통곡 속에 실려 나갔고
산부인과에선 다섯 명의 아기가
태어났다
햇발 많이 받고 잎이 넓어지는 만큼
생의 그늘은 깊어만 가는데
일생 동안 목수들이 져나른 목재는,
삶의 무게는 얼마나 될까
겨우 자기 키만한 나무를 짊어지는 것으로
그들의 노동은 싱겁게 끝나고 만다
숨이 끊어진 뒤에도 관을 짊어지고 가는 목수들,
어깨가 약간 뒤틀어진 사람들

시멘트

부드러운 것이 강하다
자신이 가루가 될 때까지 철저하게
부서져본 사람만이 그것을 안다

목수는 흔적을 남기지 않는다

(집을 짓다 보면
나무는 뼈로 한세상을 더 산다
그 푸르렀던 시절,
살과 피로 온 세상 바람을 다 맞아들였던 나무,
몇 십 년 혹은 몇 백 년을 뼈 하나로 버틴다)

몸이 바로 서려면
뼈가 튼튼해야 하는 것처럼
한 건물을 떠받치는 힘은
철근의 뼈와 콘크리트의 살이 조화된
굳건한 저항력이리라

목수는 쉴새없이 집을 짓지만
짓는 것에 구속당하지 않는다
연장 가방만 챙기면 어디든 떠날 수 있다
좋은 목수는
짓고 난 뒤 깨끗하게 해체시키는
마음을 늘 가지고 있어야 하리라

다 짓고 난 건물을 쳐다보아라
목수의 흔적은 거의 없다
뼈를 감싸고 도는 살의
강건한 근육만 무겁게 빛날 뿐,
좋은 목수는 흔적을 남기지 않는다
커다란 나무의 여백만이 홀로 남아
쓸쓸한 바람을 부풀리고 있을 뿐

전포동

태풍이 지나간 그해 여름
우린 늘 수제비를 먹었지
큰형은 워카를 신고 휘파람을 불며
돌아다니다가 포항 근처 어느 노가다판
십장이 되었다고 했다
전포국민학교 5학년을 다니다 그만둔
작은형은 태화극장 뒷골목에서
하루 종일 껌종이를 주워 팔았다
누나와 나는 눈깔사탕 붕어빵 주위를 맴돌다
생각 없이 부전시장이나 서면시장을 기웃거리며
삼교대 근무에 들어간 어머닐 기다렸다
동네 조무래기들과 팔이 아프도록
딱지를 치다 싫증이 나면 전차를 타고
종점에서 종점까지 갔다가 오기도 했다
신진공업사 후문으로 달빛이 스며들고
어머니 몸뻬자락은 언제쯤 보일는지
아직 도크시설이 안된 부두
먼 뱃고동 소리를 들으면서
길고 긴 허기의 잠에 빠져들었다

가장 큰목수

예수 그리스도는
스스로 못박힘으로 세계에서
가장 큰목수가 되었다
그도 처음 목수 일을 배울 때에는
무수하게 자신의 손가락을 내리쳤으리라
으깨어진 손가락을 장갑으로 감추우고
20년 가까이 세상 공사판을 떠돌아다닌
우리 主 容珠 그리스도
지금 그의 일당은 사만오천 원이다
하루 한 편,
온몸으로 시를 쓰는

스승 김인권

나른한
아득한 봄날
우리는 양지바른 곳을 골라 그를 심었다
언젠가 우리가 1층이나 2층 슬래브에서
아님 고층아파트 옥탑 아슬아슬
생의 곡예를
땀의 묘기를 보여주고 있을 때
그 다시 진달래로
그 다시 개나리로
그 다시 민들레로
피어나길 간절히 바라면서
뜨뜻미지근 우리들 일그러진 막노동의 생애를
소주처럼 털어 넣었다
그는 우리들에게 못 박는 법을 알려주었지
거푸집을 구축하는 법
철삿줄을 알맞게 조이는 법
수평과 수직을 정확하게 보는 법
해체작업을 쉽게 하는 법
무엇보다 사람 좋아하고 사랑하는 법

평생을 막노동판에서 일하다 결국
그 무대에서 쓰러진 행복 불행한 사람,
나른한
아득한 봄날
추운 겨울 파카 속 우는 듯한 사진을
우리들의 마음 깊이 다시 한 번 비벼 넣으며
해미 홍천리 고향 뒷산에
다독다독 그를 심었다
해마다 씀바귀로
해마다 냉이 달래
해마다 다북쑥으로
다시 돋아나라고
그의 딱딱한 흙가슴을 열고
맑은 소주 한 잔을
고루고루 뿌려주었다

2부 _ 크나큰 침묵

출감

늦가을 새벽
달빛 아래 길이 얕은 허물로 꼬여 있다
까치독사도 독기를 더 깊게 품고
꿈의 긴 겨울을 버티리라
또아리 튼 길은 가는 사람이 풀어야 한다
삶의 매듭 또한 마음으로 우선 풀어야지
두런두런 달래듯 바람 불고 잎 저만치 따라오고
채마밭 김장 무 배추 싱싱청청
서릿발 벼 그루터기 파란 싹 여즉
끈질기게 땅을 물어뜯고 있는데
별빛 따라 꼿꼿이 고개 세운
또 한 굽이 길이 다가온다
뼛가루 곱게 빻아 길 위에 뿌리며
오래도록 걸어간 사람들의 꼬장꼬장한 어깨가
얼핏 보인다
그래, 늦은 것은 후회가 아니다
틀린 어법처럼 한 마리 벌레 되어
천천히 따라가리라

아프리카 코끼리

피부 색깔만 다를 뿐 콧구멍을 생각하면 고향 같은
멀고먼 아프리카 그쪽에서는
발효된 열매만을 찾아다닌다는 코끼리가 있다는데
일단 한번 맛을 들인 코끼리는
다른 것은 거들떠보지도 않고
발효된 열매만을 먹는다는데
먹고 나서 취한 눈으로
무지몽매 비몽사몽 게슴츠레 몽롱한 눈빛으로
킬리만자로의 눈 덮인 산정을 바라보기도 한다는데
신기한 일은 코끼리를 술 취하게 만드는 것은
다름 아닌 스트레스 때문이라는데
그쪽 전문가 말씀에 따르면
아프리카 평원 한없이 넓고 푸르렀던 들판이
황폐해진 나머지 삶의 터전을 잃어버린 스트레스가
순진무구 덩치가 커서 슬픈 짐승 코끼리를
술 취하게 만든다는데
참 많이도 세상 주막을 들락거리며 살았구나
지가 뭐 지고한 정신의 스트레스가 있다고
허구헌 날 횡설수설 말씀에 피해나 입히고

건달처럼, 아니 건달도 못 되고
싸구려 욕정에 눈멀고 귀 쫑긋거리며
반거충이가 되어
저 천하에 육시를 헐
저 깡패 앞잡이나 할
저 가장 가벼운 기생오래비 구두나 닦아줄
저 천하에 오사할
썩어 문드러질
애비 없는 후레자식, 에미 없는 호랭이 물어갈
가랑이를 쫙 찢어 죽일 년놈들 앞에서
언제 한번 제대로 취해서 산 적이 있었던가
진짜 노동자도 참일꾼 술꾼도 못 되고
진짜 시인은 더더욱 멀리멀리 물 건너갔는데
이제 겨우 십 년 무면허 신세 면하고
운전맛 쬐금 안 진짜 왕초보인데
아파트와 빌딩과 술집과 여관과 하수구와
정액 화장 냄새 가득한 거리,
썩은 들판을 걸어갈 수밖에 없는데
아득하구나

폐허 가득 모래 사막 바람

흐릿한 눈으로 마구 몰아치는데

저기 저쪽에 언뜻 꿈결인 듯

푸른, 푸푸푸 푸른 들판이…… 맑은 물소리가……

어디인가 영화처럼 보, 보이는 것 같기도 한데……

어, 어, 어머니, 그런데, 아침부터 이놈의 깡소주가……

그, 그놈의 당진집 늙은 주모년이……

기우뚱 휘청

아프리카 코리끼 통째로 넘어진다

추석

빈집 뒤 대밭 못미처
봐주는 사람 없는 채마밭 가
감나무 몇 그루 찢어지게 열렸다
숨 막히게 매달리고 싶었던 여름과
악착같이 꽃피우고 싶었던 지난 봄날들이
대나무 받침대 새울 정도로 열매 맺었다
빰에 붙은 밥풀 뜯어먹으며
괴로워했던 흥보의 마음,
너무 많은 열매는 가지를 위태롭게 한다
그러나 거적때기 밤이슬 맞으며
틈나는 대로 아내는 꽃을 피우고 싶어했다
소슬한 바람에도 그만 거둬 먹이지 못해
객지로 내보낸 자식들을 생각하면
이까짓 빰 서너 대쯤이야
밥풀이나 더 붙어 있었으면
중 제 머리 못 깎아
쑥대궁 잡풀 듬성한 무덤 주위로
고추잠자리 한세상 걸머지고 넘나드는데
저기, 자식들 돌아온다

낡은 봉고차 기우뚱기우뚱

비누 참치 선물세트 주렁주렁 들고서

출근

겨울 아침,
밥이 하늘이기에
아내보다 먼저 일어나 집을 나선다
아파트 신축 공사 현장은 편도 4.2km
일당으로 받는 돈을 생각하면
택시비 사천 원이 딸아이보다 더 무서워
메뚜기 마빡만한 월셋방을 박차고 나서면
벼 그루터기를 악착같이 물고 있는 서릿발
한치 앞을 내다볼 수 없는 안개 속에서
서로 적당히 떨어져 견디고 있는 나무와 집들
낮게 엎드려 불안한 꿈자리에 시달리는 짐승과 사람들
썩은 시냇가 살얼음 밑 숨 막혀 버둥대는 작은 물고기들
수상한 까마귀떼 한 무리
길 가장자리에서도 쉬지 못한다
얼마나 많은 길을 걸은 뒤에야
마침내 도착할 수 있을까
길의 중간에 서서
길의 처음과 마지막의 의미는 무엇인지
대책 없는 당신들에게 유치찬란한 나에게

무엇보다 새벽술에 뻗어버린 길에게
끊임없이 물어본다

아까운 놈

내 한참 더운피 주체 못해
(이 건방진 생각 용서하시압)
오는 것마다 잡아놓지 못해
안절부절 좌불안석 우왕좌왕할 때 많았는데
그 깊은 병 고쳐지지 않아
삼십 고개 낮은 포복 무릎 까지면서 넘어왔는데
이제 소줏바람 스산하고
피 빠져 나가는 소리 눈부시구나
오는 사람 마다 않고
가는 사람 붙잡을 수 없는 당연한 이치
참 뒤늦게 깨닫고 앉았는데
여기여차 저놈은 꼭 잡고 싶구나
세상에 나무란 나뭇잎 죄 붙들어 낮술 퍼먹이고
쬐금은 미안한지 김장 무 배추 파는 그냥 지나치고
콩밭 잠깐 들러 입가심하고
수석리 잠홍리 오산리 넓은 들판
온통 금이빨 감잎 냄새 번쩍이게 해놓고
꽁지 빠지게 가야산 골짜기로 달아나는
저, 저놈의 가을 햇빛 !

구절리 가는 길

산 속에 돌 들어앉았네
돌 속에 나무 자라고
돌 속에 물 흐르고
돌 속에 꽃 피고
돌 속에 단풍 지네
물 속에 하얀 돌 자라네
돌 그림자 속에 검은 물고기 자라네
돌 그림자 속에 구부러진 소리 한 자락 들리는 듯하이
물 그림자 속에 마을 있고
물 그림자 속에 빈 배 있고
물 그림자 속에 바람 있네
산의 몸 속에 사람 나고
물의 뼈 속에 사람 살고
돌의 혈관 속으로 사람 들어가네
이끼와 뿌리 되어 돌아간다네
이 크나큰 침묵,
누가 들여다 놓았나?

마늘 까는 노인

평생 세월을 빗자루질했다 젖은 몸 아린 마음이었다 습관 속에는 닳고닳은 문턱만큼이나 때절은 머릿수건 둘러쓰고 꽁초까지 말아 꾹꾹 눌러 삭였던 담배 냄새만큼이나 깊은 슬픔이 마디마디 숨어 있다 그 옹이만 남아서 오히려 부드러운 나이테로 마른 눈물과 한을 파종하고 울화로 어혈 든 주름 고랑을 경작하고 살아왔는데 그저께는 하나밖에 없는 손자(아들과 며느리는 교통사고로 먼저 갔다)녀석이 방위병인 친구와 술 먹고 남의 집에 뛰어들었다 — 준강도 혐의, 38도가 넘는 뙤약볕, 한나절 내내 사람 그림자도 없더니 문간에 부고 한 장 툭 떨어진다 어떤 기적도 저 칡뿌리 노인네를 움직이지 못할 것이다 세상의 모든 걸레인, 세월의 완강한 빗자루인 저 사람 같지 않은 손!

끈질긴 혓바닥

태어나면서 그곳은 저주받은 땅이었다 전과자의 호적등본처럼 빨건 탯줄을 끊고 도회지로 도회지도 흘러 다녔지만 얼마나 질긴 혓바닥인지 누님은 나를 서울 금은방에서 취직을 시키면서 대전이 집이라고 주인을 속이기까지 했다 아무리 도회지 물이 좋다고 하지만 악다물고 죽은 개의 이빨만큼 인이 박힌, 삼줄 같은, 꾸불꾸불한 신작로 길은 어찌할 수가 없었다 깊은 한숨을 몰아쉬고 고개가 비스듬히 꺾일 때까지는 이 고래심줄 혓바닥을 오래도록 씹어야 한다 도대체 누가 우리 식성을 이렇게 만들었는가 육류보다는 생선을, 생선보다는 국수를, 국수보다는 거섶을 더 좋아해서 보통 사람들보다 훨씬 긴 내장을 푸대 속에 구겨넣고 구절양장, 8월 염천, 싸리재를 넘고 모래재를 넘고 있는 삼베 꼬장중우…… 삼베 적삼…… 삼베 사루마다…… 굵은 땀방울이 굵은 눈물방울이

오돌개

보리같이 억센 놈은 난생 처음이야 한이 많은 우리 조상님네 닮았는지 그렇게도 모진 엄동설한 귀양살이 허리 꺾고 경을 읽더니 여봐란 듯 알이 통통 어느덧 보리서리할 정도로 여물었구나 풋내나는 어린것들 시커멓게 중방칠하고 히히 호호 후후 숯검뎅이 불어 한웅큼씩 보리서리 정신없을 때, 한쪽에서는 아부지 소불알 늘어진 허벅지 사이로 파고드는 꺼끌꺼끌 보리 이삭 땀으로 씻어내며 보리 베신다 에이 호랭이 물어갈 놈들 귀퉁이부터 착실하게 처먹을 것이지 기계충 갉아먹은 즈이 머리통하고 똑같구먼 흐이구 삼시랑 할망구는 어디 마실 가서 엿지름 빼드시나 저것들 안 잡아가구시나 구시렁구시렁 허리 펴는데 미끈 철푸덕 똥을 밟고 말았는디, 보리 익을 때는 분옥이 가슴에 젖꼭지처럼 오돌개도 따라 익어 온통 주둥이에 제비꽃물 들이면서 돌아다니는 게 꾀복쟁이들 하루 일과인데 보리밭에는 뽕나무 몇 그루도 무덤덤하게 서 있기 마련, 비 맞아 곰삭은 오돌개 똥 밟았으니 보리 이랑 사이에 심은 콩농사는 야물게 될라나 되면 또 워쩔 것이여 콩 나오면 콩서리 철따라 수박서리 참외서리 감자서리 자두서리 복숭아서리 강냉이서리 짐승서리 지주서리 관리서리 나랏님서리 서리서리 티끌까지 다 빼앗겨 수확을 하기도 전에 늘상 된서리만 맞고 살아온 무지렁이들 어디 가서 터진 복장

꿰매나 구슬땀 아부지 밭 가운데로 다시 엎드리니 그대로 상한
보릿대가 되고 고개 숙인 뽕나무가 되고 으깨어진 오돌개가 되어

막소주 맛

모내기가 끝난 들판에는 꼭 우리처럼 잠 못 이루는 엉머구리떼들이 한밤을 꼬박 앓고 지새는데 멍석 한 장은 너끈히 넘는 진택이네 논 바우에서 우리는 만났다 낮 동안 달구어진 바우는 밤에도 뜨뜻미지근 누워 있기 딱 안성맞춤, 아까 낮에 어른들 심부름하는 척하다가 감추어둔 막소주, 도대체 얼마나 기막힌 맛이길래 어른들 저것만 들어가면 제 세상이고 기고만장이고 청산유수이고 고복수 남인수 신카나리아 이난영을 빰치고 어루만지는가 무슨 조화춘풍이길래 저것만 들어가면 간염 안개 깨끗하게 사라지고 간경화 얼굴에 진달래 화전이 익어가는가 우선 육학년인 기석이 용택이부터 나발 불어 안주 없이 심부름한 사학년 동훈이까지 순식간에 술품앗이가 끝이 나자 아아 수분재에서 장산과 수령골을 에워싸 북치재까지 마치 튀밥 튀듯 펑펑 별이 터지기 시작하더니 별똥별을 따라가기 전에 인공위성을 찾기도 전에 그만 별빛에 취해 고무신에 잡힌 땡살이처럼 중태기처럼, 물풀 줄기에 꿰인 깨구락지처럼 가쁘게 아가미를 여닫고 있는데 꿈결처럼 누구야 부르는 소리를 들었는가 사태모랭이를 돌아가는 바람소리였던가 스르륵 감꽃 떨어지는 소리였는지 그렇게 이슬은 산과 나무와 풀과 바우 우에 차가운 이마를 갖다 대고 허기와 궁핍의 들판에 도저히 치유불능인, 알콜 중독인 햇살이 노르스름한 얼굴로 비척

비척 해장술 하러 나간다

옥선이

산골에는 겨울이 급행으로 온다 한두 개 남은 까치밥도 서리와 진눈깨비에 곯아 떨어지고 난 뒤 며칠째 함박눈이 내려 어디가 집이고 어디가 길인지 지워진 첩첩산중, 적막을 깨고 달빛을 갈라 쩌렁쩌렁 뉘 집 개가 짖었던가 높은깍음 병풍바위 뒤에서 부엉이가 울었던가 부엉이 밑에는 늘 호랭이가 따라다니는데 아까부터 흐린 호롱불 아래 밥상을 책상삼아 늦게까지 글공부하는 아해 하나 있었으니 작은형이 어렵게 읍내 나가 구해놓은 편지투 백과를 보고 그대나 당신 자리에 부반장인 옥선이 이름으로 바꾸어 적으며 글자 하나 문장 한 줄 고치지 않고 옮기면서 딴엔 심각한 척 솜털 이마에 갈매기 두어 쌍 날아다니는데 까막눈인 어머니, 어린것이 기특하기도 하지 댕댕이 소쿠리 가득 삶은 고구마 동치미와 함께 내놓는다 아가 몸도 생각하고 공부해야지 천천히 먹어라 얹힐라 껍질을 벗겨주시면서 엉덩이를 다독거리면서

동무 생각

문선이는 내 동갑내기 중에서도 거시기 방면에 꽤나 이골이 난 저시기 놈이었는데, 폐병으로 골골하는 즈이 아부지에 비해 육덕 좋아 건들건들 남의 집 품앗이에 놉으로 시원시원 일 잘하는 즈이 어머이 쪽 빼닮았는데, 요 녀석이 즈이 아부지 보하려고 우리가 낭창낭창한 회초리 하나씩 들고 깨구락지를 줄줄이 잡을 때나 땀범벅이 되어 깔망태기에 아귀아귀 풀을 베어 넣거나 낫치기로 정신없는 때 야 이 후리아들놈덜아 이리 와봐라 내 좋은 귀경 시켜줄 팅게 하면서 찔레 덤불 속으로 들어가서는 히히 요 요것을 말이여 한참 비벼뿔면은 살모사처럼 약이 바짝 올라 불끈불끈하다가 허연 용갯물이 막 나온단 말이여 한번 볼 티어 하면서 도라지 뿌리 닮은, 작은 더덕 닮은 뻔데기를 꺼내놓고 열심히 부싯돌을 쳐대는디 너 그거 누구한티 배웠냐 흐흐 정택이 성이 이러는 거 봤지롱 그럼 느그 작은누나 옥자랑 삑붙은 거 참말이란 말이여 어쩌구저쩌구 찔레 향기는 왼통 땟국 콧물 범벅인 까까머리들 콧구멍을 간질거리며 지나가고 풀뱀은 졸린 눈 느리게 감았다 뜨고 함시롱

닭 이야기

울 아부지 없는 살림 경영하시느라 늘 스님들 공양 드셨는데요 (요즘 말로 하자면 타잔이 정글에서 먹는 거와 비슷한) 무슨 바람이 불었나 어머이 몸 보하신다고 집에서 기르던 씨암탉, 눈 질끈 감고 그만 열반에 들게 하셨는데요 그 시절 귀한 인삼도 한 뿌리, 대추와 마늘과 찹쌀을 넣고 폭 고아서 말이죠 우선 기름 동동 뜨는 국물에 밥 말아 아 어여 먹어 내 걱정일랑 붙들어두고 슬며시 뒷짐지고 외양간 가는 척 넘어가는 산그리메 바라보시고 혹 손님 탈까 큰 돌 하나 묵지근하게 솥뚜껑에 올려놓고 짧은 여름밤 가을 농사 걱정이 많으셨대요 감나무 몇 그루로 경계 삼아 대문 없는 집 가축과 벌레와 함께 초저녁 잠 달게 주무시고 자리끼 찾아 막 일어서는데 어허 이 이놈의 손…… 솥뚜껑 여는 소리가…… 살며시 문 열고 지겟작대기 꼬나잡은 아부지 손목 바람맞은 쨈보아재처럼 마구 떨리는데, 장골에 담력 크기로 소문난, 궂은 산판일 상머슴들도 못 진 재목 다 져 나르셨다는 아부지, 험한 세상 만나 보국대로 두 번이나 왜놈들에게 끌려가 막장에서 삶과 죽음을 몇 번씩 건너갔다 온 울 아부지, 아주 짧고 둔중한 비명 소리 크어억! 잠결에 속적삼 바람으로 먼저 달려나간 건 우리 어머이, 한번 잠에 빠지면 구신이 떠메가도 모르는 아들녀석은 눈곱도 못 떼고 어리둥절하는데 손은 손인디 두 발 달린 손님이여 내 간 떨어진 거 정지에서 주워왔는가 자네 날 밝으면 국한 사발 넉넉하게 말아 옆집 공님이엄마 갖다 주소 지금 한참 돌이라도 삼키고 싶을 때 아닌가 차암 이번에는 아들이어야 최주사도 손을 이를 텐데 흠흠 또 풍년초를 두툼하게 말아 구수하게 내뿜으셨어요

아름다운 시절

내 짧은 지난날을 돌이켜보면 어찌 그렇게 꿈같은 시간이 흐르고 흘렀는지 까까머리 석삼년에 상고머리 한번 하는 게 소원이었던 그때, 연초에 어머니께서 오랜 직장 생활을 청산하고 부산에서 올라오신 뒤 간만에 꿀 같은 나날들이 장곰장곰 지나가고 곧 장마가 시작되었다 우리 집 건너에는 키 큰 낙엽송들이 군락을 이루어 바람이 불면 꼭 태종대에서 듣던 파도 소리가 내 여린 귓전을 철썩거렸는데 그날 새벽은 비까지 추적추적 내렸나 보다 어찌해서 나무는 바다가 아닌데도 파도 소리를 낼 수 있나 (나무는 가지 끝까지 잔물결을 숨기고 있는지 몰라) 깜냥껏 뒤척이다 두런두런 아버지 어머니 베갯송사를 꿈인지 생시인지 또 그놈의 부자지가 묵지근한 게 하이고…… 에라 방문 번쩍 열고 앞마당에 대고 빗방울과 함께 오줌 한바탕 꼿꼿하게 바다로 흘려 보내고 누웠는데, 큰 파도에 넘어질 듯 부서질 듯 거대한 낙엽송들이 할머니 돌아가실 때 산발한 작은어머니들, 고모, 누나 머리처럼 무겁게 무겁게 이리 철썩, 저리 쏴아, 깜깜한 육지 한 귀퉁이 우리 집 기슭을 끊임없이 핥아대는 것이었다 저 낙엽송 물마루 너머에는 대현이네 할아버지 묘가 있고, 그 땅속으로 빗물이 스며들 텐데 빗물보다도 그렇게 차디찬 땅속에 오래 누워 있다 보면 얼마나 숨이 막힐까 이 생각까지 왔을 때 조그만 내 가슴

또한 턱 하니 막히는 게 아닌가 오오 그렇다면 과수원모랭이에
묻힌 할머니도, 지금 내 옆에 아직까지 우렁우렁 말씀 나누시는
부모님까지 다 저 깊이를 알 수 없는 땅속으로, 혼불 나가듯
뭉텅뭉텅 가버린단 말인가 그럼 나는 누구이고 홀로 남아 어디로
흘러갈 것인가 요따우 싸가지 없는 생각으로 국수 먹고 체한
듯 답답해서 끙 하고 또 한 번 돌아눕는데, 아따 그 녀석 클라고
그러나 잠버릇이 왜 이렇게 험한지 어머니 요때기를 끌어다 덮어
주신다 다시 큰 파도가 밀어닥치나보다 뿌연 빗줄기 속으로 우선
신작로가 보일 것이고 신작로 가에 억세게 큰 미루나무들 밤새
잎잎이 차돌 위로 눈물깨나 뿌렸것다 그 눈물 받아 마시고 가고
오고 기다리면서 이렇게 여기까지 흘러왔지만, 이미 오래 전에
바람소리와 함께 부모님 머나먼 항해 떠나시고 오늘 밤 바로
그 자리에서 아내와 딸아이 먼저 재워놓고 늦게까지 나무들의
거대한 파도소리를 홀로 듣는다

꺼먹 고무신

어머니, 마흔 훨씬 넘어 막둥이 본 뒤 시나브로 농약 맞은 풀이 되어 잦아들더니 근 이 년 동안 이 산에서 이 약초, 저 들에서 저 약초, 앞 강에서 물고기, 몸에 좋은 거란 좋은 거 다 구해드렸지만 병세는 점점 짚은골 뻐꾸기 소리처럼 기울어져 읍내 약국, 의원, 남원 무슨 용하다는 한약방, 무허가 침쟁이, 결국 선무당 불러 푸닥거리까지 해보았지만 짧은 병수발에 장리쌀에다 몇 닢 남은 천수답 소리 없이 떠내려가고 아버지, 반신불수 어머니 업고 마지막이니 죽고 나서 원이라도 없게 광주 큰 병원 가셨다 이제 막 두 돌 지난 녀석을 내게 맡겨놓고 겨울 아침 허이허이 가셨다 내게 남겨진 건 똥기저귀와 때맞추어 쇠죽 쑤어 바쳐야 될 늙은 소, 허청에 물거리 몇 짐, 썰렁한 부엌과 너무나 커서 그림자에 놀라는 방, 설거지와 멜빵 늘어진 지게와 무식하게 내려쌓이는 눈뿐이었다 그때 처음으로 슬픔이나 외로움은 한꺼번에 들이닥치는 무서운 놈이구나 막연하게 느끼기는 했지만 세월은 마당에 가끔 내려앉은 겨울 햇발처럼 흐르고 흘러 또 한 시절이 돌아왔을 때, 그러니까 어찌어찌 동네 품앗이로 돌본 보리가 누렇게 익어갈 무렵 먼 친척으로부터 아버지 소식 전해왔다 목숨은 살려놨으니 산 목숨 거미줄 치겠냐며 병원비 마련하러 누나와 작은형 쥐꼬리 적금 해약하러 다니신다고, 나는 젖동냥도 할 수 없어 미음먹인 막둥이 달래면서 빨리 어머니가 와서 이 지겨운 빨래와 설거지와 쇠죽솥에서 벗어났으면 했다 큰 그늘을 품고 있던 장산 활엽수들이 바람에 부드러운 솜털을 보여주던 어느 날, 하늘이 울었던가 땅이 꺼졌던가 거짓말처럼 대전에서 누나가 내려왔다 은행동에서 선화동으로 삼성동에서 대흥동으로 꽃다운 처녀 시절 부엌데기 남의집살이 손마디 굵은 세월의 밑바닥을 훑고 다닌 업순이누나가 반은 울고 반은 웃는 얼굴로 들어섰다 쉬지도 못하고 집안 구석구석 쓸고 닦고 밥도 한 사나흘 치 안쳐놓고 어찌되었든 굶지는 말아라 남원 가서 밤기차 타고 올라간다며 먼 산그늘 망연히 바라본다 막차가 오다가 무주나 안성쯤에서 빵꾸가 나든지 싸리재 중턱에서 갑자기 운전사가 간질병이 도지든지 하룻밤만이라도 같이 있었으면 내일 아침 첫차로 가면 안 되나 애가 닳아 신작로에 깔린 차돌을 툭툭 건드려보았지만 웬수 같은 삼남여객은 끝내 사태모랭이를 돌아와 우당탕 누나를 싣고 떠나는 것이었다 고무신짝 벗겨지는 줄도 모르고 공동 묘지까지 있는 힘 다해서 따라가보았지만 먼지 더께가 앉은 버스 뒷유리창으로 누나의 손사래질이 희미하게 보일 때쯤 과수원을 휘돌아 먼지 꼬리만 남기고 꿈결처럼 사라지는 것이었다 산도 나무도 풀도 그 자리에 딱 멈춰 서버리고 뿌옇게 차오르던 것이 먼지였는

지 눈물이었는지 아무것도 모르는 녀석 일을 저질렀나 포대기
속에서 꼼지락거리고 고무신은 저만치 풀구덩이에 엎어져 있고

대전에서 자전거 타기
— 중앙시장 오복상회

허허 별건 대낮에 서천쇠가 웃을 일이지 밀가루 포대가 발이 달린 것도 아니고 그래, 열대여섯 살 먹은 놈들이 밀가루 한 포대 꼬불쳐서 수제비 끓여먹은 것도 아니고, 손칼국수집에다 밀반출한 것도 아니고, 아무리 배곯을 때라고 하지만 단팥빵과 바꾸어 먹은 것도 아니고, 그래 죄는 죽기 살기로 페달 밟은 죄밖에는 없는데 오복상회 오사장 밀가루가 없어졌다네 다음달엔 월급에서 밀가루 한 포대 값을 제하고 준다네 흐흐 월급봉투 한번 푸지겠구나 보너스 200%(설날과 추석)에 월 3,500원 배달부 인생에게 밀가루값까지 제하고 준다고 하니 고향길 송금봉투 한번 찢어지겠구나 야 칠성아 오사, 육사 오사장 월급 올려주기 싫으면 저 지랄 떤단다 라면 없어지면 라면값 국수 없어지면 국수값 다 물어주고 물어주고 물어주다 보면 오사장 뚱땡이 몸 골고루 빛나는 이빨 자국 남을 것이니 그때 가서 또 개값 물어주지 말고 어디 서울이나 먼 곳으로 뜨자 뜨자 아니, 불이나 확 싸질러버리고 말자

구멍 · 1

얼마나 많은
손들이 들락거렸던가
(결국 늙은 염쟁이까지 끌어들이는군)

생선 썩은 냄새도
피고름도
말라버린 정액도
그 언덕에선 이제 고즈넉하고
억새인가
갈대겠지
대여섯 올 성긴
바닷바람에 나부끼는
적막만이
폐허가 그 주인인

어머니,
제가 정말 그곳에서 나오긴 나왔나요

구멍 · 2

서산에서 간월도를 가다 보면
중간에 꼭 들를 곳이 있는데
꽁꽁 언 날 냉면으로 열을 다스리고
슬슬 도비산을 오르다 보면 무학대사 전설 어린
부석사가 나타난다
절에 무슨 경전이나 부처 만나러 가는 것도 아니고
보물이나 국보를 알아보는 눈을 가진 것도 아니고
오직 천 년 비바람 끝에 꼿꼿이 서서 열반에 든
느티나무를 만나는 일이다
겉은 번지르르해도 속은 온통 곪은 사람들에 비해
고목은 얼마나 깨끗한 구멍인가
탄탄했던 살과 피 모두 시주한 뒤
숨이 끊어진 다음에도 바람 껴안고
한세상을 더 사는 철갑 느티나무
혹 늘어진 내장을 하염없이 들여다본다
오랜 세월
하늘과 땅을 이어주던 체관과 물관이
텅텅 비어 이제 주름 한껏 깊구나
그 깊은 고랑마다 벌레들 알을 까고

온갖 새들 깃을 치고
또 몇 백 년 시간이 늘어질 대로 늘어지면
고목의 그늘도 그만 눈꺼풀이 무거워져
단잠이 쏟아지는데
땅을 닮아 온전히 삭은 육신을 뚫고
여린 새끼나무 하나 솟아오른다
면벽한 돌할아버지 이마 미세하게 떨리나 싶더니
스르르 다시 잠긴다

3부 _ 은근 살짝

물 속을 읽는다

파도 드높은 세상 잘 헤쳐 나가기 위해서는
물 이용하는 법을 배워야 하는데
물결을 잘 타야 하는 법인데
우선 힘을 빼고 물에 몸을 가만히 내맡기면 된다
(힘이 들어가면 가라앉는다)
몸 전체 고루고루 힘이 퍼지게 하는 것이다
어떤 한 곳으로 힘을 집중하면 금방 균형을 잃게 된다
(허우적대면 더 빠진다)
아기가 엄마 등에 기대듯
물에 기대면 물 속을 읽을 수 있다
힘을 뺀다는 생각까지도 없애 버리는 것이다
(들고 나서는 일도
들이쉴 때 들이쉬고 내뱉을 때 내쉬어야지
내뱉을 때 들이키고 들이쉴 때 내뿜으면 물 먹는다!)
전신을 물결에 맡기고
때리는 게 아니라 어루만지며 나가야 한다
물살을 찢는 게 아니라 기우면서 나아가야 오래 간다
아기가 어머니 뱃속에 누워 손을 꼬물락거리면서 배를 차듯
툭툭 물을 차다 보면

어느덧 세상 저편에 닿아 있으리라
캄캄하면서도 밝은 출구가 드디어 보인다
늦게야 눈이 트인다

봄바람과 싸웠다

무서워서 피하나
더러워서 피하지 이런 말도 있지만
세상 귀퉁이 발 저리게 구부리고 앉아
똥 눌 때 눈 부릅뜨고 용을 썼다면
똥 풀 때에도 허리 끊어지고 관절 아파야 하리
너무 쉽게 누고 버린 지난날을 돌아보며
태어나서 처음으로 똥을 펐다
견디기 힘들었던 토악질의 세월 앞에서 기죽지 않았다면
큰 가마솥 넘실대는 호박죽 하나 끓여 내지 못하겠는가
내 똥 남 똥 가릴 필요 없이
뒤집고 섞어 반죽하니
세상 무서울 게 하나도 없다
동네 어르신들 불러 잔치라도 한바탕 열고 싶다
봄바람에 웃통 벗어젖히고
곰삭은 구린내와 정면으로 맞붙었더니
꽃이나 잎사귀, 줄기가 되어 넌출넌출 도망가기 바쁘다
무릎 아래까지 목 조아리며 설설 기는 놈도 있다
빈 집 뜯어고치고
묵은땅 뒤집어

오래 묵은똥을 푼다

다래끼

몇 달 외로움에 지쳐
술동무하고 서중부 내륙을 관통했더니
눈두덩이
가야산 능선 되었다

고름 짜내고
소금물로 소독하며 들여다보니
눈 속에 갇힌 바위 닮았다
언제 스스로 부스러기 쪼개내어
기초 버무리는 데 섞여본 적 있었나
거친 세월의 등고선 앞에
표정 없이 구경만 했던
낮잠이여 게으름이여
죄 많이 지었구나

각혈을 하든
채찍질을 하든
눈이 아름답다는 말은 고쳐야 하리
덮어 감추기에 급급했던

우리네 수천 년 피고름 살림살이

눈썹 두어 개 뽑아내자
눈길은 마을과 이어지고
사람이 밟은 자리 먼저 녹는다
길은 눈이 녹은 물이다
밟고 지나간 자리마다 눈물길이다

아파야 새살 돋느니
소염제 없이
부기가 빠진다

배 나온 남자

특별하게 잘 먹는 것도 아니고
운동부족도 아니다 오히려
많은 날들을 배고픔에 시달렸고
어린 나이에 각종 일로 온몸 성한 곳이 없는데
이상하다 물만 먹어도 살이 오른다

밥 앞에 고개 숙이지 않는 사람이 어디 있겠는가
비굴하게 밥을 번 적은 없다
북한 어린이 돕기 성금보다 술값을 더 지출한 게 사실이지만
큰맘 먹고 하는 외식도
고작해야 자장면이고 특별히 탕수육을 곁들인 날은
밤새 설사로 고생했다

굶은 기억이 살찌게 하나
슬픔이 배부르게 하나
그 기억을 잊기 위해 얼마나 허겁지겁 살아냈는지
잊는다는 것이 병을 주었나

참는 것이 밥이었고

견디는 일이 국이었고
울며 걷던 길은 반찬으로 보였는데
배 나온 사람들을 보면
부황과 간경화로 먼저 간 식구들이 떠오른다

저, 좁은 땅 다 파먹고 말없이 누워 있는
슬픈 무덤 덩어리들

흑백사진

정동제일교회 배움의 집 총동문회, 근 이십 년 만에 역전의
용사들이 처음 모였다 껌팔이, 딱새, 찍새, 언론계(신문 배달)
종사자, 대형 면허(남대문시장 자전거 배달), 철가방, 시다, 막노동,
만돌이, 히드라, 말미잘 다 모였다

인기 없는 과목이면 졸음을 참지 못한 코골음이 넓은 예배당을
고요히 뒤흔들던 다람쥐 같았던 산퇴깽이 같았던 놈들이 이제는
배가 적당히 나와 애밸라, 애 빨리떼, 발로퍼, 수소인지 암소인지
온갖 소나 타는 달구지들을 모시고 삐까뻔쩍 한바탕 소란을 떤다
단란주점을 두 개나 경영하는 놈, 목사가 된 놈, 고액 과외 강사,
디자이너 강, 고리대금업자, 미국 가서 장사하며 마누라 박사
시킨 놈, 은행 대리, 학교 선생, 공인노무사, 종업원을 200명이나
둔 중소업체 사장, 무슨 부장 과장 대리 주임들로 변해서는 명함
한 장씩 잽싸게 돌리더니 또 거기에 맞게 동문회 회장 부회장
기수별 회장 다 만장일치로 뽑고 뒤풀이를 갔는데 그 아수라
속에는 쓰잘데기 없는 시인 나부랭이도 한 놈 구석 자리 사글세
들어 포카판에도 못 끼고 아랫도리 헤픈 여자애들도 못 보듬고
줄창나게 술과 담배에 용맹정진을 하는데

한없이 길고 어두웠던 1978년 가을에서 겨울로 식빵 한 덩이를 들고 중랑교에서 의정부까지 걸었던, 한 이틀 라면으로 견디다가도 친구가 가면 무조건 닭곰탕 집으로 데려가던, 도서관에서 도시락 하나로 국수 가락처럼 엉겨붙어 즐거워했던, 떡라면이 되었던, 연탄이 되었던, 입원비가 되었던 녀석들, 그때 그 흑백사진을 생각하면 꼭 결혼하고 싶었던 김소명 선생님, 친누나 같았던 삼천포 출신 정희 누야까지 들여다보니 독한 놈, 피 나누어준 부모 산소에서도 눈물 한 방울 흘리지 않았던 놈이 그대로 상한 짐승이 되어 바닥에 주저앉는 것이었다 단란주점의 밤은 깊어 벌거벗은 화면 위로 가을비 소리 없이 내리고

콩나물 비빔밥

콩나물을 바라보면서 의문부호나 피아노 건반, 셋잇단음표의 악장을 생각하지 못한다 콩나물국에 허여멀건하게 떠오르는 아버지와 누이, 피가 모자라 비비 꼬이면서 죽은 어머니 생각이 난다

그래, 정말 신나게 콩나물만 먹고 살아왔다 채 씻지도 않아 콩 껍질이 생선 비늘로 떠 있는 콩나물국에 식은 밥을 꾹꾹 말아 게 눈 속으로 마파람 스며들 듯

아직도 다듬어지지 못한 콩나물시루 속의 하루, 한꺼번에 휩쓸리고 짓밟혀 싸구려로 팔리는 좌판 위의 하루 하루, 숨이 죽어 고개 떨군 퇴근길의 하루, 또 하루

유귀동…… 그는 갔다 몇푼의 외상값과 유행가 자락을 주막집에 남기고, 삼 년 동안 소를 먹이고도 농협 빚이 이백만 원이나 불어난 1984년 봄을 남기고 그는 갔다 가난했지만 작은 통 안에 하얗게 자란 우리 콩나물들은 곧 통째로 엎어져 부러지고 흩어졌다 어머니 콩나물은 아버지 콩나물을 재빠르게 따라갔고 큰형 콩나물은 부산으로, 업순이 콩나물은 식모살이로, 콩나물 용철이는 행방불명. 콩나물 용관이는 서울로 뿔뿔이 그들의 밥상을

찾아 떠났다

콩나물 비빔밥을 먹으며, 밥과 부드럽게 섞인, 섞여 있으면서도 끝내 섞이지 않은 콩나물 대가리를 보면서, 콩나물 넘버 1526411 유용주는 싸리가 되고, 느티가 되고, 저 조계사 앞마당 은행나무가 되어 울울창창 하늘 속으로 날아갈 수 있을까 마지막까지 콩나물은 콩나물로만 버티는 것일까

콩나물국으로 입가심을 하며, 사막 앞에 첫발을 내딛은 사내의 신선함도, 대륙적인 우수도, 숫처녀의 튼튼한 시루 하나도 떠올리지 못한 할아버지 콩나물 유한기, 당신 앞으로 결재올립니다 오늘 식대 1,200원

조개눈과 화등잔

산과 들이 조개껍데기처럼 부드러운 이곳 서해에는 바람아래나 파도리 어은들 같은 아주 작고 포근한 바닷가 마을이 많은데요 간기가 푹 베인 어리굴젓이나 게장처럼 먹어도 먹어도 물리지 않는 짭조름한 이야기가 힘들게 일하는 사람들의 마음을 어루만져 주기도 하지요 밭고개에 사는 조개눈과 화등잔도 평생을 갯바닥과 간사지 땅을 부쳐먹고 살아온 흙 같은 사람들이었어요 이 양반들이 젊었을 때 농사로는 먹고살기가 힘들어 농한기에는 샘을 파서 먹고 살았는데, 아 그때야 지금처럼 좋은 기계도 없었고 순전히 삽으로 땅을 파서 도르래로 끌어올리고 난 뒤 노깡을 묻는 것으로 인근 동네에 우물이란 우물은 모두 두 사람의 합작품이라 그런 대로 쏠쏠하게 재미를 보기도 했다구요 화등잔이 어두컴컴한 굴속에서 흙을 퍼서 담아놓으면 조개눈이 마치 불알 터진 이처럼 허이나 흐이나 잡아당겨 이틀 할 일을 보통 사나흘로 늘려 주인 쪽에서 보자면 참 속 터진 일도 많았겠지만 막걸리 두어 되 더 사는 걸로 웃고 넘어갔다고 해요 그러나 저러나 화등잔도 나이가 들어 장가를 들게 되었는데 집안 고모 되시는 분이 중매를 서 얼굴도 모르는 신부와 초례를 치른 다음 첫날밤을 맞게 되었는데 조개눈과 달리 괄괄한 화등잔이 아무리 삽을 들이대도 새암을 못 찾는 거라 구멍 뚫고 이슥토록 침을 삼킨 마실꾼들도 거의 돌아간 뒤까지 온갖 방법을 다 찾던 화등잔이 그만 뒷문을 뻥 차고 나오면서 고자다 고자여 속았구나 속았어 큰소리를 쳤다는구만 동네 시암을 있는 대로 다 판 사람이 어찌 자기 각시 시암을 파지 못했을꼬 이튿날 시엄씨와 중매를 섰던 고모가 둘러앉은 방에서 신부의 옷을 벗겨 놓고 소위 제품 검사를 했는데 거 숲도 무성하고 계곡도 깊어 물 나오는데는 아무 이상이 없는 거라 시엄씨가 엉덩이를 높이 들거라 고개를 잔뜩 꼬아 마지막 검사를 하고서 윗구멍 아랫구멍 제대로 뚫렸고 아무 이상이 없구먼 최종 판정을 내렸다 이 말씀이야 하기사 아무리 눈구멍이 얼굴 반을 차지하고도 남는다는 화등잔이지만 껌껌한 방에서 그것도 숫총각이 숫처녀의 새암을 찾기가 어디 쉽기야 했겠는가 그 말을 듣고 조개눈이 거 부사리처럼 성질만 급해서 원 늘상 불알 터진 벼룩처럼 천천히 파라고 그렇게 일렀건만 한바탕 웃고 말았지요 지금 화등잔 양반 아들 셋에 딸 다섯 팽팽히 펴 올려놓고 세상 좋아진 탓에 샘 파는 일 벌써 정리해고 당했다고 궁시렁 꼼지락 고샅길을 휘휘

집
— 꿈

집은 새로 지으면 된다

아버지 우선 급한 대로 흙과 짚 이겨 움막을 지었으나 방바닥 흙 다 마르기도 전에 벽 틈으로 감나무와 오동나무가 보이기 시작했고 작은형은 대들보에 이마를 자주 찧었어요 남자는 평생 단 한 채의 집을 지을 뿐이다 막걸리와 담배 냄새로 벽 틈을 막으려 했으나 유새완 아 애들 크는 것도 생각하셔야지라우 집안 대소사에 심부름 온 젊은 사람들이 잔뜩 허리를 구부리며 누나를 훔쳐보았습니다 보리타작이나 콩 타작은 서툴렀지만 매타작 하나는 동네에서 으뜸인, 술주정에는 둘째가라면 서러워했을 아버지, 밤농사에는 누구보다 부지런을 떨었는지 오십이 훨씬 넘어 막둥이를 보았으나 이미 기울대로 기울어진 추녀 끝은 누님을 산서 어디인가 굶지 않을 곳으로 팔아 치우고 작은형은 대전으로 넷째는 짜장면 집으로 병든 잎 실개천 따라 흘러가듯 두둥실 보내고 말았지요 그때 마당에 패대기친 밥상과 멍든 울음소리를 지켜보았던 나무들은 한껏 넓은 그늘을 만들었고, 채 십 년도 못 버텨 술주정으로 뼈가 굵어 절대로 무너질 것 같지 않던 어깨는 구들장과 대들보와 서까래와 함께 사라졌지만, 똥장군과 도구통은 남아 있어 낫과 호미와 지게는 살아 있어 호롱불 밑에서 수제비에

감자를 건져 먹던 자손들은 그 전쟁터에서 가까스로 살아남아 장하게도 성성했으니 반세기 가까운 세월 막노동에 반신불수 구들장 신세 된 큰형이 그 하나요 쉰 하고 일곱 구비까지 식당 주방을 못 벗어났지만 십일조 꼬박꼬박 바친 덕분으로 집사 승진을 한 누님이 그 둘이요 바람씨가 되었나 뭉게구름이 되었나 누군가 용산역 화장실에서 난장꿀림하는 것을 보았다는 작은형이 그 셋이었으니, 우그러진 놋주발 쉰밥을 물에 빨아 다시 물 말아먹던 힘으로, 밥보다 고추장이 더 많던 비빔밥의 힘으로, 지게 작대기의 힘으로, 쑥국의 힘으로, 돗나물 된장의 힘으로, 하지감자와 고구마의 힘으로, 무엇보다 눈 뜨고 돌아가신 어머니 몰래 흘린 눈물의 힘으로 넷째가 집을 짓고 있습니다 바로 그 땅 그 자리에 감나무 밤나무 오동나무 제자리에 앉히고 이중 삼중으로 겨울바람 막아 어떤 자식이 찾아와도 이마 찧지 않을 훤칠한 집을, 막힌 고래 뚫고 불 괄게 들이는 구들장을 다시 깔고 있습니다 저승길이 아무리 멀다 하더라도 한번 오실 때도 됐잖아요 술상 조촐하게 봐놓고 기다릴 테니

건널목

중호 형이 병마와 힘겹게 싸우면서 누이가 스님으로 공부하고 있는 옥천 조그마한 암자 앞에 요양을 하고 있을 때는 모기떼 극성스러운 한 여름이었다 등나무 줄기가 곡예를 하듯 전깃줄을 타고 아슬아슬 전봇대에 다다를 즈음, 마당 앞 감나무에 달린 풋감 야무지게 둥글고 중호 형 얼굴은 핏기 없이 둥글고 화등잔만 한 눈은 쓸쓸해서 둥글고 갸갸거리고 웃던 입술은 설핏 기울어서 둥글고 평소 자주 탐했던 술잔은 먼지 뒤집어쓰고 뒹굴고 부풀어 오른 배 또한 수박만큼 둥글어 탱탱했지만 어깨는 금방 무너질 서까래 같이 푸슬푸슬했다

한과 나는 몇 마디 농담을 하고 약쑥처럼 웃었다 어디선가 장닭이 울었다 형은 연전에 돌아가신 명천 선생 얘기가 나오자, 뭐 글 쓰는 사람이 무병장수를 바라겠어, 다만 갑자기 무너지지나 말자는 것이지, 가쁜 숨을 몰아쉬며 멀리 보이지도 않는 금강 뚝길을 무연히 바라보는 것이었다 그 눈동자 속에는 아부지 두루마기 닮은 흰 구름 몇 자락 두둥실 떠가고 구름만큼이나 부드러워진 형의 육신은 막 금강을 향해 흐르려 하고 있는 중이었다

햇볕은 따가웠지만 형 몸은 차가웠다 해는, 한때 뜨거웠던

피, 푸르고 여린 것들에게 모두 나누어 주느라 성질깨나 부렸는지
마른하늘에서 투둑 빗방울이 떨어지면서 장독대 근방부터 곧
어두워졌다 우리는 생감자를 씹는 표정으로 형의 몸을 오래도록
주물렀다 느린 밤은 나무그늘보다 넓고 천 년 묵은 돌우물보다
깊었다 꿈자리 사나운 잠은 그렇게 멀리서 온 손님처럼 불시에
찾아드는가 한과 나는 만 년 동안이나 열리지 않는 잠 속으로
걸어 들어간 중호 형을 눕혀놓고 불빛 하나 없는 캄캄한 마을을,
빨간불 깜빡이는 철로 건널목을, 철거덕철거덕 건너섰다

위대한 표어

★ 낮에는 읽고 밤에는 쓴다!

★ 열심히 돈 벌어서 부모님께 효도하자!

눈 내리는 만주 벌판에서 맨몸으로 항일유격대 생활을 한 빨치산 같은, 천리마운동에 매달리는 북한 인민군 복장을 한 무시무시한 이 구호 밑에는 각종 신문과 계간 문예지 장편소설 공모 현황이 마감일 순서대로 빼곡히 적혀 기차가 지나갈 때마다 부르르부르르 진저리를 쳤다 일인용 침대와 침대 길이와 비슷한 대형 벽거울과 포르노가 잔뜩 들어 있는 노트북과 무질서한 설거지통이 차례차례 흔들리면 먹다 남은 라면이 퉁퉁 불은 냄비와 더 이상 넣을 수 없을 정도로 미어터진 쓰레기통 사이에서 빈 소주병과 맥주병들이 밤새 잠 못 이루고 뒤척거렸다

자물쇠 고장 난 변소에 가면 똥에서도 소주 냄새 자욱이 피어오르던, 대천역에서 시장 쪽으로 가다 오른쪽으로 꺾어지면 혼신의 힘을 불어넣어, 성대 결절이 곧 올 것 같은 샤우트 창법으로 골목길을 쥐어짜던, 철둑길 옆 종광이 자취방

11월

낙엽은
비명도 없이
짧고 빠르게 떨어진다

벼랑 끝에서 바닥까지 피 흘렸던
무덤 주인의 몸부림이
이젠 제법 둥그렇게 터를 잡았다

뼈 속 깊숙이 세월 녹아들어 구멍 뚫리고
물과 바람이 한 인생 곡진이 어루만졌나
햇볕 따사롭고 천지가 저 홀로 지쳐 물들어가는데

무덤 앞에
엎드린 장년의 사내

소주 한 잔 그득 올려놓고

아버지,
더 평평해지세요

군불을 피우면서

아직 덜 여문 놈
꼿꼿한 척 폼 잡는 놈
삐뚜름한 놈
휘어지고 구부러진 놈
까시쟁이 독 오른 놈도
낯바닥에 철판 두른 놈
어깨 힘 잔뜩 들어간 둥거지
희나리도
뾰족한 놈도 무르츰한 놈도
아무데서나 잘 부러지는 삭달가지도
가슴에 단풍이나 이마에 별 단 놈들도
골목 깡패가 되었든 주막 강아지가 되었든
이미 썩어 문드러져야 할 놈들이 마지막 발악을 하고 있지만
일단 불을 만나면
꼬리 착 내리고 고분고분해집니다

어쩐 일인지 우리나라에서는 한 번도
제대로 된 불을 피운 적이 없습니다
애꿎은 생나무 때면서 피눈물 많이 흘렸지요

그 눈물 강물 되어 도도히 흐르는데도
오늘도 저렇게 불 맞아본 적 없는 것들이
제 세상인 양 설쳐대고 있습니다
한꺼번에 아궁이에 처넣어도
시원찮을 놈들이 말입니다

칼국수 먹는 구렁이

사막에 둘러싸인 이 늪에선
신중하고 민첩한 놈만이 살아남는다
살아남기 위해 그때그때 빛과 그늘에 알맞게
위장과 보호색을 한 그는
편리한 대로 음지와 양지를 오가며 체온을 조절했다
물이 부족한 이곳에 잘 적응하는 방법은
외부와 철저하게 차단된 철판 피부 덕분이다
먹는 것에 비해 땀과 오줌이 없어
수분이 빠져나가는 것을 최대한 억제하기 때문이다
(사내는 단 하루도 자신의 땀으로 밥을 벌어본 적이 없다)
그의 몸에서 가장 눈부시게 진화된 부분은
강력한 독과 유연한 턱뼈이다
어떤 먹이든 삼킬 수 있다
가신들 중에는 너무 큰 먹이를 삼킨 나머지
몇 년 동안 독방에서 겨울잠을 자는 녀석도 있다
이 늪은 한번 빠지면 끝장인데
방심한 먹이들이 너무 많다
이 바닥에서 살아남으려면 어쩔 수 없다고
알아서 기는 족속들이 너무 많다

이 늪과 사막에도 네댓 번 폭풍우가 몰아친 뒤
겨울이 닥쳤다
추위에 잘 견디는 편인 그는 결정적으로
주위의 온도를 올릴 수 없다는 단점을 가지고 있다
긴 겨울잠에 들어갈 때가 된 요즈음
삶과 죽음의 경계에 선 새끼들을 생각한다
그가 은퇴한 지금, 저 어여쁜 것들은
누구의 먹이가 되어 통째로 사라질까

만수산에 드렁칡들이

노인네가 걸어간다
허리가 굽은, 구부러진 각도만큼
다리가 벌어진
노인네가 느릿느릿 걸어간다
저 쭈그러진 가죽 안에는 얼마나 많은 바람이 지나갔는지
왜놈들 떠올리면 대동아전쟁 생각하면
육이오는 또 어떻구 그놈의 빨갱이들 생각하면
삼신네야 (뼈 없는 곰팡이 버섯 잘도 피는데)
모서리부터 닳아 살비듬이 떨어지는
옆구리에서 창자가 흘러나오는
하루 밥 세 끼 굶지 않는 게 천만다행이지
옴쭐거리며 걸어간다
아 그놈의
사일구니
오일육이니
시비시비니
오일팔이니 나는 몰라
그저 지금 이대로가 고마울 뿐
삼신네야 (뼈 없는 구더기 거머리 잘도 크는데)

세 끼 밥 안 굶는 게 어디라고
다 무너져가는 늙은탱이 하나
고맙다고 고맙다고
기어간다

나팔수와 펜

손두부와 함께
미꾸라지를 산 채로 솥에 넣고 불을 때면
미지근한 탕에 온몸이 몽롱해지는 듯하다가
슬슬 물이 뜨거워지면 어쩔 줄을 모르는 거라
급한 김에 찬 두부 속으로 머리부터 디밀고
서로 먼저 들어가려고 지랄 발광을 다하는 거지
(아직 개표가 끝나지도 않았는데
여의도 미꾸라지들은 특집 프로를 긴급 편성하고
광화문 근처 미꾸라지들은 고무에다 찬양까지
입버캐를 물고 흰자위가 넘어간다)
두부 속에서 통째로 익은 미꾸라지를 알맞게 잘라
양념간장에 찍어먹는 맛이란 후훗
미꾸라지 같은 사람들은 알랑가 몰라
안동 제비를 먹어본 사람들은 알랑가 몰라

아직은 망하지 않았다고
숨 붙어 있다고
온천에 해수욕에 증기탕에 팔딱거리는
왕소금 허옇게 뒤집어쓴

저기, 저 미꾸라지 떼들

중견中犬

집안 내력은 들먹일 필요도 없지만
성질 또한 괴팍해서

고혈압, 고지혈증에다 신경성 위장장애를 거쳐 식도궤양까지
각종 성인병을 쓰러진 술병처럼 달고 다니면서

독한 약은 우선 견뎌내기도 힘들고
식구들 폐 끼치기 싫어 담배와 술 먼저 줄이고
새벽에는 운동장 돌고 저녁에는 수영,
주말에는 산에 올라 비지땀 흘리면서 안간힘을 쓰는데

몸과 마음 시퍼렇게 독을 세우고 문학 공부를 시작한 뒤로 멀리서 바라보며 존경했던 김현, 김남주, 고정희 선생님 흙이 되어 돌아가시고 술자리에서 몇 번 만났던 기형도, 이연주, 진이정도 물이 되어 흘러가 버리고 김소진도 가고 중호 형도 가고 김강태, 임영조 선생님 가시고 가까이 모시며 숨소리까지 배우려했던 명천 선생께서도 관촌 마을 소나무뿌리로 돌아가시고 작은형, 큰형수, 매형, 어머니, 아버지를 비롯해 내 앞에서 마지막 숨을 몰아쉬며 세상 저버린 사람들 가서 다시는 돌아오지 않는데

가소롭구나,

현미밥이 어떻고 청국장이 저쩌구 채소 위주의 식단에다 생감자는 갈고 마늘은 굽고 양파 즙까지 알뜰하게 챙겨먹는, 혼자만 살아남으려고 발버둥치는, 복부 비만의 저, 늙은 개 한 마리

목격자를 찾습니다

프레스를 빠져 나온 철판보다
더 납작한
곧 먼지가 되어
흔적도 없이 사라져버릴

개구리
까치
다람쥐
고양이
청설모
비얌
똥개
너구리
족제비
오소리
·
·
·

직립보행 하나만으로 최고의 자리에 있다고
착각하는 인간이라는 하등동물들의
으깨어진
살과 뼈,
박살난 유리창에 말라붙은
피 떡
핏 방 울 들……

참깨를 베면서

털고 말려봐야 푸석 방귀에

까불어 볶아봐야 고름 덩어리 엿기름에

쥐어짜야 땀과 눈물 콧물 밖에 나오지 않는 반거충이가

참깨를 거둔다

허리가 끊어질 것 같다

반은 병들어 죽고 반은 튀어 떨어지고

어설픈 낫질에 뿌리째 뽑힌 줄기가 바르르 몸을 떤다

매달려 있으려고 얼마나 발버둥쳤던가

세상이 나를 버려도

나는 끝내 세상을 버릴 수 없다고

뼛속 비어가는 줄 모르고 꽃을 밀어올렸는데

먼저 익은 것이 먼저 떨어진다

얼마나 쥐어짜야 향기가 나는 것이냐

덜 익은 씨앗이

반쯤 비어 있는 씨방이 기름이 된다

쭉정이가 세상을 살린다

썩어 거름이 된다

4부 _ 서울은 왜 이렇게 추운 겨

자화상

술 담배를 끊으면서 재미가 없어졌다

죽음 직전까지 갔다 온 뒤에 욕을 잘하거나
말이 꼬인다거나 어지럼을 호소하거나 글씨가 엉망인 사람을
보고
오베가 못된 병삼이라고 부르지만
남자가 아니라 환자 신세라지만

희한하게 시인은 잘 알아듣고
소설가는 한 번 더 말해봐 자세하게
평론가는 묵묵부답
화가는 시골에서 독거노인이 올라오느라 고생했단다

블랙리스트와 시국선언에 이름을 올리고
(모욕이자 야만이었다)
세월호 동조 단식을 했다
시청 앞에서 낭송을 했다
하야와 퇴진을 외치며 촛불집회에 여러 번 참석했다
몇몇 곳에 후원금도 냈다

(왼손이 하는 일을 오른손이 몰라야 하는데)
내가 이러려고 시인 됐나 자괴감이 들어 괴로운데

무슨 소용이란 말인가
아이들이 그렇게 많이 죽었는데
몸은, 일찍 없어져야 할 물건 아니냐
아직 숨이 붙어 있구나
밥을 꼬박꼬박 챙겨 먹고 있구나

머리가 시킬 일 없어 편안하겠다
고민 안 해도 되겠다
그냥 막 살아도 되겠다

악착같이 치욕을 참고 말을 잘하려고
글을 똑바로 쓰려고 노력했는데
몸을 바로 세워 정신 차리고 새벽을 읽어도
허망하고 쓸쓸하구나
첫 마음으로 남아 있으려고 약을 쌓아놓고 살아도
사막과 별이 흐릿해지고 헛소리가 들린다

이번 인생은 실패했다

다시 일어나기 힘들겠다

아직 멀었구나

뺑이라고 했다

단자를 가다 시퍼렇게 불 밝힌 호랭이 새끼를 본 적이 있다

귀 달린 비얌을 본 적이 있다

온몸이 검은, 파란, 붉은, 흰 비얌을 본 적이 있다

풀을 베다 나무 위에서 살모사가 우수수 떨어지는 것을 본 적이 있다

담부떼가 나무를 오르내리는 모습을 본 적이 있다

비 온 날 배가들 뫼뿔에 앉아 있던 곰을 본 적이 있다

나무를 하며 산갈치가 날아가는 것을 본 적이 있다

맑은 날 길을 걷다가 하늘에서 떨어지는 물고기를 잡은 적이 있다

구멍 속에 맑은 물이 고인 더덕을 캔 적이 있다

혼불이 나가는 것을 본 적이 있다

돌로 쌓은 항아리 안에서 아이 울음소리를 들은 적 있다

한밤 머리 없는 여자가 뒤돌아서는 것을 본 적이 있다

아부지 돌아가신 날에는 하얀 두루마기를 입고 꿈에 나타났다

강이 흐느끼는 소리를 들었다

산이 우는 소리를 들었다

오전 10시쯤 해가 펴져 오후 2시 27분에 뒷산으로 넘어가는 겨울

밤엔 해보다 밝은 달이 뜨고 별들이 흩뿌려놓은 듯 흘러가는

눈이 내리면 굴을 파서 이웃집에 마실을 가던

모든 노래가 한낮 그늘인

지금은 사라져 다시는 볼 수도 들을 수도 없는

묵언默言

누가 오셨나 마루에 비 오시는 소리 듣는다

개울물 소리 읽는다

나무에 스치는 바람 소리 건너간다

짐승 우는 소리에 귀 쫑긋 늘어진다

벌레들이 어디로 꼬이는지 살펴본다

풀을 깎고 뽑는다

나무를 껴안고 빙빙 돈다

밤에 몇 번이고 마당에 나와 하늘을 올려다본다

어릴 때처럼 별들이 흐르고 달이 이울고 뭉게구름이 떠 있고

수제비와 팥죽은 없다

아침이면 새소리에 잠을 깬다

가끔 텃밭을 고른다

감나무 잎이 소리 없이 진다

이빨 물고 깨어 있는 서리꽃을 밟아본다

눈물겹게 눈 내리시는 모습을 바라본다

꽁꽁 언 얼음장을 들여다본다

찬물 먹고 숨을 쉰다

이틀이나 사흘에 한 번 밥솥이 혼자 말한다

밥이 다 되었으니 잘 저어주라고

채근담을 읽었다

토옥동 계곡을 걸었다

살얼음이 깔려 있었다
오소리를 읽었다
고라니를 읽었다
너구리를 읽었다
담부떼를 읽었다
멧돼지를 읽었다
그 위로 눈이 내렸다

나무와 돌은 그냥 지나쳤다
물이끼는 그냥 지나쳤다
살얼음 속으로 숨은 물고기와 고동은 지나쳤다
응달의 너덜겅과 고드름은 지나쳤다
지난여름, 폭우에 뽑힌 나무뿌리는 지나쳤다
흙속의 서릿발은 애써 피했다
구멍을 뚫어 고로쇠를 채취하는 산골 농부 얼굴을 힐끗 쳐다봤
다
소리 내어 흐르는 물을 힐끗 쳐다봤다

낙엽만 보고 걸었다
썩어 거름이 된 삶을 보고 싶었다

나무와 돌과 물은 너무 무거웠다
낙엽은 가벼워서 편했다

내 삶을 들여다보는 느낌이었다
눈 위에 찍힌 내 발자국을 보고 걸었다

몽정夢精

꼿꼿하게 독 오른 고추가
뭉게구름을 토해내는 7월 땡볕

풀도 약이 바짝 올라 하늘 향해
가시 독침을 마구 쏘아대는 한낮

겁 없이 수룡골 산 꼴 베러 올라간 게 잘못이었다

까치독사를 잡아 목걸이처럼 두르고
노루와 늑대를 산 채로 찢어 뜯어먹는
불곰하고 같이 올라갔으니 뭐가 두려우랴

신이 춤을 추며 하늘로 올라간 신무산神舞山 아래
천 년 묵은 이무기 떨어져 죽은
용소龍沼는 깊고 바람은 달다

온갖 푸성귀 나물 소박한 점심 물리고
귓불 늘어진 붉은 뱀 할배 낮잠 깊이 들어

참매미도 숨을 고르는데

그 나이에 어찌나 청각이 뛰어나던지
140억 광년 떨어진 별들의 방구 소리는 물론,
발정 난 별똥별 접붙이는 소리에도 사레가 들린다는데

하필 겨드랑이 근처에 산딸기 요염하게 영글었다
사마귀 되어
말벌이 되어
날개 접으며 혓바닥 들이대는데
크르릉, 독침에 쏘인 맑은 하늘이 딸꾹질을 하는 바람에

게 섰거라!
잠 깬 홍사紅蛇 할배 벽력같은 호통 소리에
낙엽송, 소나무, 참죽나무, 옻나무, 사시나무 떨듯
지게작대기 내던지고 억새밭 헤치고 달려나오는데

꼬리를 땅에 대고
수직으로 선 붉은 뱀이,

장딴지 굵은 할아부지 뱀이,
낭창낭창 회초리가 되어
허리채를 확
잡아채는 순간

울컥, 지하 암반수 터진다
산산이 찢어지는 푸른 잎사귀들
떨어져 요동치는 물고기떼들

여름 한낮이 온통 땀범벅
몸살을 앓아 통째로 드러눕는다

제삿날

환갑을 바라보는 중늙은이와 지천명을 앞둔 반백의 사내가 정답게 마주앉아 전을 부치고 꼬치를 꿰고 나물을 무치고 탕을 끓인다

밖은 황사 뿌옇고 산벚꽃은 바람에 흩날리고

글쎄 명철이 양반 방앗간에서 그 잘난 쌀 방아를 찧는데 우리는 양이 너무 적어 이쪽에서 저쪽으로 넘어가는 시간이 얼마나 짧은지……, 받아서 뛰어오면 또 어느새 비어 있고……, 발동기는 기차 화통처럼 돌아가지요, 아부지는 빨리 안 받아온다고 퉁방울 눈 부라리지요……, 보다못한 명철이 양반이 아, 유새완, 어린 딸이 무슨 죄가 있다고……

조기는 찌고 고기는 양념장에 재워두고

누나만 그랬간? 누나가 품앗이로 기석이네 밭 매러 갔을 때 나는 아흔다랭이 완수 할아버지 무덤 뒤 감자밭 일구는 데 따라간 적이 있었거든 푸나무를 베어 불을 놓고 나무뿌리를 캐어내고 고랑을 만드는데……, 그러니까 국민학교 들어가기 전이었으니

까 고작해야……, 잔돌 골라내는 정도……, 한 두어 고랑 만들고 아부지가 쉬어, 참 아부지처럼 맛나게 담배 잡숫는 분이 없었지 병아리 새끼처럼 아부지 옆에 슬그머니 앉으면 불같이 일어나서 담뱃불을 내던지는 거여 어린것이……, 싸가지 없이, 어른 쉬면 꼭 따라 쉰다고……, 어찌나 매몰차던지…… 지금 생각하면 자기 스스로에게 화를 낸 것 같지만……

아이와 아내가 학교에서 돌아오고 멀리 수원에서 동생 내외와 조카가 내려오고 불을 밝힌다 술 그득 따라 올린다 이게 다 무슨 소용이여, 살아 계실 때 따뜻한 밥이라도……, 그예 누님은 한쪽 눈두덩이를 훔치고……

그해 쌀 몇 가마니에 나를 장계 북동 어떤 남자한테 팔았는디 그 남자 나이를 속인 거여 알고 보니 서른일곱, 스무 살이 넘게 차이가 나는 겨 밤마다 부엌칼을 이불 속에 숨겨두고 잤제 벗은 남자 몸이 얼마나 징그럽던지 밤새 오들오들 떨면서 잠도 못 자고 도망갈 궁리만 했당게 반찬 산다고 속이고 장판 밑에다 몰래 돈을 모은 겨 첫눈이 내릴려고 그랬나 하늘이 어둑어둑해질 무렵 대전행 막차를 무조건 타버렸지 옷 보따리 하나 달랑 들고

신발 벗어지는 줄 모르고 뛴 생각을 하면…… 흐이구, 벌써 40년
세월이 흘러가버렸구먼 어이, 동상, 음복혀

선풍기

지천명 문턱을 간신히 빠져나온
늦여름 새벽은
툴툴거리다가 지쳐 떨어지고

치열했던 열정은 식어
이 빠지고 머리칼 성글고 눈 흐려진 지 오래
처진 가슴 위에 먼지만 쌓이는구나

닦아내면 상처 자리 빗살무늬 선명한데
여기저기 닦고 조이고 기름칠하고 철사로 동여맨
검푸른 한 생애
주름살 파도 넓게 퍼져나간다

장좌불와 20여년,
아내만큼이나 낡은 몸이 되어
부품 교체하고 수술 자국은 아물어
덜컹거리면서 돌아가는구나
입술에 묻은 밥알도 무겁다는 삼복더위
죽부인이 따로 없구나

날개는 철망에 갇혀 있을 때 더 많은 자유를 원하지
아내는 흰머리를 뽑아 일기장 위에 쌓아놓고 출근을 했다
세월은 방학도 없나보다

이제 마지막 더위
갱년기와 싸울 일만 남았다
무슨 힘으로 저 철망을 뚫고 날아갈까
허연 수의 입고 독방에 갇혀버린
날개이자 감옥인 울울창창 내 청춘

시골 쥐

딸아이는 변두리에 산다

아이는 광고를 전공했는데
(인 서울 할 때 얼마나 박수를 쳤나)
그동안 수십 차례 알바를 돌았다
별명이 북한 어린이인 아이는 손목 힘이 없어서
삼겹살집이나 곱돌 비빔밥 식당에는 취직할 수 없다
커피 전문점 비싼 주전자를 깨
보름 동안이나 무료 봉사한 적이 있다

수학을 제일 못하는데 학원 수학 선생을 하지 않나
최근 사우나 알바를 할 때는
수건과 가운을 나눠주는 일이 주업무였다
주인은 아이가 마음에 들었나보다
잘하면 다음달부터 정식 직원으로 채용한다고
4대 보험은 물론 월급까지 두 배로 올려준다고

삼포를 넘어 칠포 세대인 아이,
인턴을 다닌다

인턴을 위해 인턴을 다닌다
하루 1시간 15분씩 전철을 타고 인턴을 다닌다

아빠 얼굴을 꼭 닮은 아이
술을 맛나게 먹는 아이
성질까지 같아서 무조건 울고 난리를 치는 아이
엄마는 무서워 말도 못 꺼내는 아이

밀리고 밀리고 밀려서 변두리에 사는 아이
아이 방은 냉골이다
몇 겹을 덮어도 냉골이다

서울은 왜 이렇게 추운 겨
아이와 나는 애꿎은 소주병만 찾았다

기름장어

문기 형님은 먼저 뼈가 무너진 큰형 동창이다 삼동에 맨 처음으로 하얀 구두에 흰 나팔바지를 입고 와 우리 꼬마들을 놀라게 했다 어려서부터 술맛, 춤맛, 돈맛, 여자 맛, 화투 맛, 꽤나 밝혔다 일찍이 마누라는 도망가고 하사관으로 복무하는 아들은 멀리 있다 형님은 노인 일자리 창출 때 국도변 풀을 안 뜯고 자동차 천천히 가라고 경광등을 든다 땀 흘려서 밥을 번 적이 드물다는 평을 받고 살았다 동네에서 거간꾼으로 소문이 널리 났다 만나면 너 자꾸 왜 그러냐 국회의원이라도 출마할래 쪽팔리게 국회의원이 뭐유 대통령이믄 모를까 그려 이참에 서너 표는 착실허게 흡수했구먼 형님과 어리보기는 통쾌하게 음료수를 마셨다 그런 형님이 늙마에 큰 사고가 났다 상대 운전수는 멀쩡했지만 형님은 갈비가 나가고 뼈가 폐와 간을 찔러 큰 병원에서 수술까지 받았다 문제는 경찰서에서 백기를 내리고 사고 조사를 나왔는데 아 오토바이도 짜가였고 번호판도 어디서 훔쳐왔다나 보험도 들지 않고 무면허도 들통났다 다친 것도 서러운데 벌금이 무지하게 나오게 생겼다 그래서 오토바이 출고할 때 또 과부 하나 나간다는 말이 나왔구만 그나저나 읍내 술집 다방 모다 굶어 죽었구먼 불우이웃 돕기 성금을 내야 혀 말아야 혀 사랑의 열매 온도를 올려야 혀 내려야 혀 그렇게 빨빨거리고 돌아다니드만 문병을 가야 하나

말아야 하나 퇴원하면 고깃국이나 사주지 뭘 그려 뼈나 잘 붙게
말이여

머나먼 항해

시 빼놓고는 성한 곳이 한 군데도 없는 영근이 형이 결국 의식불명으로 중환자실에 입원했다는 소식을 듣고 상추 씨를 뿌렸다

병원비가 무서워서(그것보다는 병원은 아예 관심 밖이었을 거라) 병원 문턱 한번 제대로 밟아본 적 없는 시인들의 생활에 대해 화를 낼 수도 없어 땅을 파고 쑥갓 씨를 뿌렸다

한때 『취업 공고판 앞에서』와 『대열』 『김미순전傳』을 못 주머니처럼 옆에 끼고 다니면서 바닥과 가난과 노동과 나누는 삶에 대해 울고 웃으면서 밤늦도록 눈 밝힌 적 많았다 시 앞에 부끄러움이 없으려면 이 정돈 되어야지, 핏발 선 눈동자로 아침 맞은 적 많았다

밤새 비가 내리고 이튿날은 달무리가 졌다 여름 들머리 초록 이파리들 바람에 살랑거린다 어제 내린 빗방울들 땅속 깊이 젖어 들어 순하게 다시 태어나겠다

사흘 지나 또 연 이틀 밤낮 끊어질 듯 이어질 듯 흐르고 흘렀던

술자리와 술자리보다 더 멀리 번져나간 영근이 형 노래 자락이
산새 소리와 섞여 자욱이 숲속으로 스며들었다 그늘까지 환하게
물들여갔다

꽃이 지고 달도 지고 별도 사라진 늦은 밤부터 새벽까지 시도
때도 없이 타전한 부호는 구조 요청이었던 것을, 망망대해에서
표류한 형이 보내는 물 떨어지고 쌀 떨어졌다는, 그리운 벗들
보고 싶다는, 등대가 보이지 않는다는 마지막 구조 요청이었던
것을

술값 떨어진 줄로만, 택시비 떨어진 줄로만 착각하고 귀찮아했
던 밴댕이 소갈딱지 가슴을 치면서 호박을 심었다, 입술을 깨물면
서 가지를 심었다, 차갑게 식은 땅을 열고 매운 고추모종을 심었다

취생몽사

한 3백 년은 너끈히 지나갔을라

저 광활한 먼지 속으로 흩어져버린
중호 형님 모시고 마포나루 후미진 뒷골목
한쪽 어깨 기울어진 함바집에 들렀을 때다

마침 일필휘지,
마른 붓 휘둘러 새경을 받은 친구가
앉은뱅이 냉장고를 기웃대다
육덕 푸짐한 주모한테 한 방 맞았다

— 썩을려러느 것들, 뭔 안주를 찾았싸!
주는 대로 처먹을 것이지……

시퍼런 마음속 구만리 장천 파도를 숨기고도
친구는 허허 웃었고

라면에 소주와 탁배기 잔 어지러운 공사장 인부들
똥내 풍기는 이쑤시개 던지고 떠난 탁자에서

또 우리는 갈 데 없는 천것들이었다
전생, 후생 모두 합쳐 뿌리 없는 떠돌이였다

생전, 명천께서는 족보 없는 술 멀리하라 그리 당부했지만
무정할 손 세월이었다

입적한 지 3천 년도 넘은 중호 형님
사리 모신 부도탑에 이끼 깊어 산새 소리 그윽한데
하늘 가득
목젖이 보이도록 크게 웃으며 단숨에 잔을 뒤집는다

— 콧구멍 한 번 더 벌씬대야지

마포나루 붉은 노을 한 짐 걸머지고
서쪽으로, 서쪽으로
날아가는……

이것이 인간인가

기간병은 탄약고와 위병소 근무자만 빼고
훈련병은 내무반장과 함께 모두 취사장으로 밀어넣었다
공수교육대도 올라왔다

까만 갑바로 커튼을 만들어
유리창과 배식구를 막았다

정윤희 젖가슴이 나오는 어설픈
성인영화를 틀어주었다
〈뜸부기는 밤에 우는가〉라는 제목이었다

전두환이 헬기를 타고 한미 연합 사격 시범 훈련을 보러왔다
대부분 훈련병들은 침을 흘리며 잠이 들고
깨어 있는 사람들은 직속상관 이름을 외웠다
최세창, 박준병, 이종구……

배고픔과 배설에 대한 욕구는
전두환 일당이 떠날 때까지 참아야 했다
(푸세식 변소에서 건빵을 몰래 먹어본 사람은 맛이 여전하다고

웃지 못한다

참호에서 훔쳐온 라면을 반합에다 먹어본 사람은 안다)

이웅평이가 미그기를 몰고 내려올 때는 완전 군장에 실탄을
지급했다

후임이 서울 가는 철도 난간에서 자살할 때는

(그는 서울대 미대를 다니다 온 화가 지망생이었다)

뻰질나게 헌병들이 드나들었다

취사장은 사격장 바로 옆에 있었다

지금도 가끔 텔레비전에 나오는

신분 사회

평소에 돼지로 살다가
술에 취하면 개새끼였다
평생을 머슴으로 살았다
평생을 종으로 살았다
한 번도 양반이었던 적이 없었다

늦가을 홀로 반바지 입고 팔공산을 내려오는데
식천리 청년 회원 여섯 명이 버섯 따러 올라와 깜짝 놀란다

— 안 무섭소?
— 뭐가 무서운가요?
— 짐승이 무섭지, 뭐가 무섭겠소
— 멧돼지들이 만나면 아재 아재 부르는데……

산짐승보다 사람이 무서웠다
사람이 짐승보다 무서웠다

엊그제 새벽에는 나 닮은 무리가
옥수수밭을 박살내고 돌아갔다

내년부터 산짐승이 좋아하지 않는
나무를 심어야겠다

마을 주민들은 망을 두르거나
민원을 넣어 전기가 흐르는 선을 설치하라고 한다
나는 그만두었다
고라니나 멧돼지보다 사람이 훨씬 더 위험하다

담배와 술을 끊었다
돈을 끊었다
인간관계를 끊었다

비로소 숨통이 트인다
비로소 사람이 짐승으로 보인다

흙비

— 소설가 김지우 영전에

2007년 3월 26일 오전 늦게까지 안개 자욱하더니, 안개 걷히고 햇볕 드는가 싶더니, 마른하늘에 천둥 울고 순식간에 캄캄해지더니, 장대비 쏟아졌다 빗방울은 우박보다 더 큰 소리를 내며 사정없이 따귀를 올려붙인다 얼얼하다 징게맹게* 외엣미들 바늘 끝 보리 물마루, 넘실대는 파도 위를 맨발로 달려가는 피 묻은 발, 뒤꿈치가 보인다 동진강, 만경강 지나 서해 넘실대는 잿빛 파도의 피 묻은 발, 뒤꿈치가 보인다 핏방울이 저렇게 누우렇다니! 채 봉우리 열기도 전에 떨어졌구나 자목련이여, 비 그치자 지상은 황사 뿌옇고 황토 언덕 아래 마늘밭 푸르러 푸르러 논두렁 태우는 연기 멀리멀리 퍼져나간다

네가 선배 되었으니 선배라는 말, 다시는 듣지 못하겠구나

* 김제 만경평야.

고래

웃다리골 순길이가
이장댁 외양간 거름 푸러 내려왔다

소박한 술상 위에
호두 여러 알을 꺼내놓는다
수줍은 눈꼬리에 호두알처럼 주름이 엉겼다

— 고래 고기 먹을 줄 알어?
— 알어
— 가을일 끝나면 고래 잡으러 가야지
— 어디로?
— 뒷산으로
— 산에서 고래가 잡히나?
— 많이 잡히지
— 어떻게 잡어?
— 올무로
— 얼마나?
— 작년에는 다섯 마리나 잡었어
— 히야……

— 한 마리 줄 팅게 삶아 먹어볼려?

그날 밤 나는
거대한 고래가 산속을 헤엄치다
올무에 걸려 발버둥치는 꿈을 꾸었다

순한 눈을 떠올리면 순길이도
고래도 고라니도 한 핏줄 아니었을까

깊어서
더 이상 깊을 수 없을 정도로 깊어지면
파도는 바다와 육지의 경계를 허문다

깊은 산속에 들어가면 바다 냄새가 난다
고래는 어디에 숨어 잠을 자는지
상수리나무에 붙어사는 무수한 고래 새끼들, 번쩍이며
숲을 물들인다

세상 모든 나뭇잎은 척추마다

고래의 숨비소리를 감추고 산다

놀양목

아무리 노력해도
득음에 오르지 못한 소리꾼이 있다

새벽 장대비 속
소쩍새
뻐꾸기
무당개구리 선잠에 들었는데

부지런한 수탉 한 마리
흐르는 계곡물 앞에 의관을 정제한 뒤
꼿꼿하게 목청을 가다듬는다

첫 소절부터 피가 튀어오른다
저러다 성대결절이 생기는 것 아닐까

천 년 해소 기침에 시달린 수룡골 늙은네
가래 끌어올리는 소리와 장죽 터는 기세에 놀라

풀이 쓰러진다

나뭇가지 꺾인다
돌 이마 사정없이 깨진다

오랫동안 위궤양 다스려온 아침 안개 골짜기 아래로 퍼지고
우당탕 흘러가는 계곡물 소리
식도협착을 빠져나가는 바람 소리 홀로 듣는다

노구老軀

게릴라성 폭우가
방화동 계곡을 휩쓸고 지나간 뒤
5백 년 토종 산벚나무 생을 접었다

꽃 내어주고
잎 찢어지고
몸까지 버렸으니 소신공양이 따로 없다

주인 대신 집 지킨 늙은 개처럼
뿌리가 껴안고 살아온 돌덩어리들이
산 쪽으로
흙 쪽으로
집 쪽으로
혼신을 다해 쓰러진 나무를 끌어당긴다

물이 탁하면 들여다볼 세상까지 흐려지는 것이니
씻어낸다고 깨끗해지겠느냐
흘러가는 그대로 두거라

난세에 붓 꺾지 못하고
창창한 후학들 눈멀게 한 죄 깊으니
염쟁이 부를 필요 없다

싹 나올 무렵부터 공부는 천명이었으나
한 문장도 제대로 얻지 못한 주제였으니
봉분이 무슨 필요가 있겠느냐

내 몸이
내 업장이
저 돌덩이보다 더 무겁구나

소한小寒

고라니가 캥캥 우는
산골 추위 한번 맵구나

봉화산에서 내려오는 물소리 들리지 않는다

물이 얼면 소리가 막히는 법
이 겨울 누구를 비난할 것인가

계곡은
밖으로 풀어지는 마음을
안으로 싸안고 겨울을 견딘다
침묵을 채찍질한다

소리가 막히면 바람이 먼저 어는 법
얼음장 밑으로 흐르는 물은
세상 가장 낮은 말씀이시다

봄은 실패해도 좋은 역성혁명인가

무혈 입성하는 저들을
두 손 놓고 바라봐야 하나

말이 막히면 만백성이 어는 법
흰옷 입은 사람들 흘린 피
겨울잠 자고 있다

꿈결까지 따라오던 물소리 꽝꽝
깊은 잠 들어 있다

우수
경칩은 도대체
어느 바다에서 상륙한 말씀들인가

구름마저 얼어붙어
하늘이 무연고 시신으로 떠내려 오는 머나먼 이곳
아침의 나라
동방의 차디찬 불빛!

겨울밤

허리까지 쌓인 눈이
굽이치는 달밤이면

나는
덕산 최생원 집 뒤안
왕대나무 가지에 반달곰 쓸개를 매달아
장안산 너머 사암리 냇갈까지 낚싯대를 던져놓고
매서운 바람의 파동을 귀기울여 듣고 있는데

큰 산맥 너울이
두어 번 아부지 코골이 소리에 뒤척이자
아름드리 참나무 팽나무 서어나무 수초에 붙어 있던
산갈치들이 은빛 지느러미를 번뜩이며
일제히 솟구쳐 오르다 미끼를 덥석 물고
깊이를 알 수 없는 구룡폭포 쪽으로 날아가는데

찌르르
허공이 한번 달빛에 휘청
걸려 넘어지는 것인데

오줌똥 지리는 줄 모르고 끌어당기는 사이
감나무 둥치 통째로 쓰러지고
고라니 멧돼지 혼비백산 달아나고
아뿔싸!
측간 옆 마당에 파편처럼 떨어져 뒹구는 새벽별
줄 끊어먹은 산갈치는 은하수 밑으로 아스라이 숨어버리고
달의 구멍에서 쏟아져 나온 피리 소리

언 들판에
낭자하다

동행

장날 병준이가 고물 트럭을 몰고 바구리봉 집에 올라가다가
꼬부랑 할매 혼자 걸어가는 모습을 보고 태워드렸것다

— 할머이 어디 가요?
— 개정리 가요, 개정리
— 할아부지는요? 할아부지 함자가……
— 할아부지? 콩 팔러 갔는지, 깨 팔러 갔는지, 여태 안 돌아오요.
— 꾀 팔고 있는 것 같은디…… 혹시 놉 얻어 딴살림 차린
것은 아니지라우? 어떻게 되시는디?
— 아매 살아 있으면 일흔여섯인가, 일곱인가…… 아자씨 또래
는 됐을 것이요.

서른다섯 베트남 처녀에게 늦장가를 든 병준이는
올해 쉰여섯, 돼지띠다

낙엽

차마 놓지 못한 손이 있었다

온 목숨 다해 매달리고 싶은 손이 있었다

혼백이라도 따라가 잡고 싶은 손이 있었다

물 그림자 속의 세계와 목수가 지어 놓은 집

홍기돈(문학평론가, 가톨릭대 교수)

1. 십자가 메고 골고다 언덕을 오르는 또 한 명의 목수

모든 인간은 각자 저마다의 십자가를 짊어지고 골고다 언덕에 오른다.[1] 목수 생활로 호구책 삼았던 젊은 날의 유용주는 그 사실을 일찌감치 깨달았던 듯하다. 먼저 「가장 큰 목수」의 한 대목. 예수 그리스도가 "스스로 못 박힘으로 세계에서 / 가장 큰 목수" 되었듯이, "우리 主 容珠 그리스도" 역시 "무수하게 자신의 손가락을" 내리치면서 목수가 될 수 있었다. 여기서 그는 "20년 가까이 세상 공사판을 떠돌아" 다녔노라 이력을 드러내는바, 「가장 가벼운 짐」에서는 새삼 "일생 동안 목수들이 져 나른 목재는, / 삶의 무게는 얼마나 될까"라고 묻고 있다. 이어서 "숨이 끊어진 뒤에도

1. 니코스 카잔자키스의 『영혼의 자서전』의 「작가 노트」에서.

관을 짊어지고 가는" 존재가 목수라고 규정하였으니, 짊어지고 나르는 동일한 행위 속에서 어깨 위 '목재 = 관'이라는 등가 관계가 성립함으로써 이는 자연스럽게 예수가 짊어졌던 십자가의 이미지와 겹쳐지게 된다.

첫 번째 시집 『가장 가벼운 짐』에서 이 두 편의 시가 주목되는 까닭은 이후 유용주 시가 전개될 세 갈래 면모 가운데 두 측면의 향방을 노정하고 있기 때문이다. 첫 번째 부류: 짊어진 십자가의 무게를 가늠코자 할 때 시인은 자신의 내력으로 파고 들어가는 양상을 드러낸다. 두 번째 시집 『크나큰 침묵』의 「막소주 맛」 · 「끈질긴 혓바닥」 · 「옥선이」 · 「닭 이야기」 · 「아름다운 시절」 · 「꺼먹 고무신」 · 「대전에서 자전거 타기」, 세 번째 시집 『은근살짝』에 실린 「흑백 사진」 · 「집」 · 「11월」 · 「배 나온 남자」 · 「중견中犬」, 그리고 네 번째 시집 『서울은 왜 이리 추운 겨』의 「조리사」 · 「제삿날」과 같은 시편들이 여기에 해당한다.

두 번째 부류는 주위 인물들이 힘겹게 짊어지고 있는 삶의 십자가를 따뜻한 시선으로 끌어안을 때 직조되고 있다. 이들 시편들은 각 작품마다 대상으로 삼은 인물의 상황이 무척이나 구체적이며, 적지 않은 작품에서 해학을 동반한다는 점에서 주목을 요한다. 이는 시가 충만한 생동감을 확보하는 방편으로 작용하는 한편, 민중의 면면이라는 따위 뭉뚱그려진 추상적 표현을 허용치 않게 만드는 근거이기도 하다. 『크나큰 침묵』에 실린 「마늘 까는 노인」 · 「오돌개」 · 「동무 생각」이라든가, 『은근살짝』의 「조개눈과 화등잔」 · 「건널목」 · 「위대한 표어」, 『서울은 왜 이리 추운 겨』에서는 「살을 붙여서」·「한량」·「푸른 집 푸른 알」·「기름장어」·「동행」·「고래」·「머나먼 항해」·「취생몽사」·「흙비」·「놀양목」 등이 두 번째 부류로 꼽을 만하다.

물론 십자가의 이념이 사랑 안에서 하나가 된다는 것인 만큼, 첫 번째와 두 번째 부류가 선명하게 나뉘지는 않는다. 가령 남동생의 성장 과정을 현재까지 쭉 전개하고 있는 「늦둥이」는 자신과의 외모 비교가 시작과 끝을 이루고 있으며, 딸의 상경 생활을 그리고 있는 「시골 쥐」는 결국 애틋한 마음을 매개로 동일화에 이르는 양상이다. "서울은 왜 이렇게 추운 겨 / 아이와 나는 애꿎은 소주병만 찾았다"(마지막 연). 시대의 야만과 상처를 자신의 삶 속에서 앓고 있는 「자화상」·「개 두 마리」는 "자신의 손가락을 내려치는" 목수의 행위에 해당하니 첫 번째 부류와 두 번째 부류를 매개하는 셈이며, 시대적 야만의 출처에 대한 비판과 야유를 담은 「칼국수 먹는 구렁이」·「만수산 드렁칡들이」·「나팔수와 펜」 또한 모든 이에게 부여된 십자가의 버거운 무게에 잇닿아 있으므로 같은 맥락으로 묶을 수 있다. 「칼국수 먹는 구렁이」·「만수산 드렁칡들이」·「나팔수와 펜」은 『은근살짝』에 실렸고, 나머지는 모두 『서울은 왜 이렇게 추운 겨』에 담겨 있다.

셋째 부류는 공空에 관한 인식과 이에 맞닿아 있는 자연-질서의 이해이다. 첫 번째 시집에서 그 가능성을 예비하는 시편 「목수는 흔적을 남기지 않는다」 또한 목수로서의 존재 자각에 입각해 있다. "목수는 쉴 새 없이 집을 짓지만 / 짓는 것에 구속당하지 않는다 / 연장 가방만 챙기면 어디든 떠날 수 있다" 소유와 집착으로부터 자유로운 목수의 면모는 『벽암록』 제16칙의 다음 구절을 떠올리게 한다. "은밀한 경지를 얻는다면 (중략) 종일토록 행하여도 일찍이 행하였다 할 것이 없고 종일토록 말하여도 일찍이 말했다 할 바 없다." 삶이란 결국 비어 있는 토대 위에서 펼쳐졌다가 토대로 귀환하는 과정일 터인데, 이를 알아차린 자라면 다만 그 과정에 충실할 뿐 굳이 사사로이 노고를 내세우지 않을 터이다. 고전과 자연을 매개로 삼아 목수 유용주는 공에 관하여 웅숭깊게 천착해 들어간다.

비어 있음에 입각한 인간과 자연의 이해는 네 번째 시집 『서울은 왜 이리 추운 겨』에서 절정을 보이는 만큼, 여기 수록된 작품 수만 해도 결코 만만치 않다. 장자莊子 풍으로 읽히는 「뻥이라고 했다」·「겨울밤」이라든가, 엄혹한 상황에 맞선 의지를 한 폭 산수화로 풀어낸 「소한小寒」을 대표로 하여 「묵언」·「채근담을 읽었다」·「형제간」·「고드름」·「노을」·「놀양목」·「노구」 등이 이에 해당한다. 두 번째 시집 『크나큰 침묵』에서도 비어 있음에 관한 내공을 드러내 보인 바 있는데, 이는 「추석」이라든가 「아까운 놈」·「구절리 가는 길」·「구멍·1」·「구멍·2」 등에서 확인할 수 있다.

2. 아이의 어른-되기; 유용주의 경우

시편들 내용을 조합해 보면 유용주의 성장 환경은 어느 정도 면모가 드러난다. "부산에서 태어나 여섯 살까지 살았다"고 하였으니 고향은 부산일 테고, 고향이 전북 장수로 알려진 까닭은 여섯 살 되던 해 "여름에 아버지 본적지로 이사했다"는 사실과 맞닿아 있다. 이사 전력을 펼쳐놓은 「개 두 마리」에서 이 나라에 만연한 지역주의를 질타하고 있거니와, 전라도 출신이라는 데 따라붙은 낙인이 얼마나 무겁고 끈질긴가를 보여주는 작품이 「끈질긴 혓바닥」이다. "태어나면서 그곳은 저주받은 땅이었다. 전과자의 호적등본처럼 빨건 탯줄을 끊고 도회지로 도회지로 흘러 다녔지만 얼마나 질긴 혓바닥인지 누님은 나를 서울 금은방에다 취직을 시키면서 대전이 집이라고 주인을 속이기까지 했다" 70~90년대 전라도 차별이 극에 달했던 것은 주지의 사실인바, 유용주는 그로 인한 무게를 감당해야 했겠다.

그 무게 위에는 가난이 얹힌 형국이다. 국민학교 입학 전부터 유용주는 밭일을 도와야 했고, 누나는 10대 중반에 팔려가다시피 집을 떠났다. "쌀 몇 가마니에 나를 장계 북동 어떤 남자한테 팔았는디 그 남자 나이를 속인 거여 알고 보니 서른일곱. 스무 살이 넘게 차이가 나는 겨"(「제삿날」). 그런 남자에게서 탈출한 뒤 펼쳐진 누나의 삶은 「꺼먹 고무신」에서 드러난다. "은행동에서 선화동으로 삼성동에서 대흥동으로 꽃다운 처녀 시절 부엌데기 남의집살이 손마디 굵은 세월의 밑바닥 긁고 다닌 업순이 누나". 더군다나 부친은 집안에서 폭군으로 군림했던 듯하다. 「제삿날」의 기본 진술이 불호령으로 일관했던 아버지에 대한 시인과 누나의 기억이고, 「고향」에서 큰형은 "아버지가 무서워 사춘기 나이에 도망"을 했던 것으로 나타나 있다. 가부장제의 폭력 또한 그가 떠메었던 짐이었던 것이다.

유용주는 과연 이 무거운 짐들로부터 어찌 자유로워질 수 있었을까. 문제의 해결 과정을 풀어내는 것이 서사 영역인 반면, 시는 다만 그에 대한 창작자의 현재 감정을 드러낼 뿐이다. 이러한 맥락에서 「아름다운 시절」은 관심을 요하는 시편이라 할 수 있다. 타지에서의 "오랜 직장 생활을 청산하고" 어머니께서 집으로 돌아오신 뒤 장마가 시작되었는데, 장마는 시인의 상상이 빚어낸 현상일 따름이다. "우리 집 건너에는 키 큰 낙엽송들이 군락을 이루어 바람이 불면 꼭 태종대에서 듣던 파도 소리가 내 여린 귓전을 철썩거렸는데 그 날 새벽은 비까지 추적추적 내렸나 보다". 철썩이는 소리는 시인의 부모가 사랑을 나누는 과정에서 발생한 소리일 터, 소리의 유사성을 통한 물 이미지로의 전환이 기발한 까닭은 삶의 형식에 관한 사유로 나아갈 근거가 마련되고 있기 때문이다.

물은 생명력의 상징이다. 그런데 시인은 침수량이 증대하는 데 따라 "과수원 모랭이에 묻힌 할머니"에 대한 걱정을 키워 나간다. 이로써 삶과 죽음의 동시성이 작동하기 시작한다. 자, 시인 옆의 부모들 역시 언젠가 "저 깊이를 알 수 없는 땅속으로 혼불 나가듯 뭉텅뭉텅" 흘러가 버릴 터이다. "그럼 나는 누구이고 홀로 남아 어디로 흘러갈 것인가". 일찍이 소월이 자신의 기원에 대해 탐문하는 소년을 「부모」에서 내세운 바 있는데, 유용주는 동일한 주제를 성性으로써 풀어낸 셈이다. 뿐만 아니라 그는 여기서 한 발 더 나아가 성장한 자신을 부모의 자리에 겹쳐 놓기도 한다. "이미 오래 전에 바람 소리와 함께 부모님 머나먼 항해 떠나시고 오늘 밤 바로 그 자리에서 아내와 딸 아이 먼저 재워놓고 늦게까지 나무들의 거대한 파도 소리를 홀로 듣는다". 반복되는 삶의 형식 가운데서 스스로 아버지의 자리에 놓였음을 깨달았을 때, 드러나지 않았던 아버지의 마음이 이해되기 시작한다.

국민학교 입학 전의 시인이 밭일하다 잠시 쉬는데 담뱃불을 내던지며 매몰차게 화를 내던 아버지. "지금 생각하면 자기 스스로에게 화를 낸 것 같지만……" 제사를 지내면서 시인은 생전에 제대로 모시지 못한 게 못내 아쉽기만 하다. "이게 다 무슨 소용이여, 살아 계실 때 따뜻한 밥이라도……." 「제삿날」에 등장하는 이러한 소회는 말줄임표를 동반함으로써 시인의 감정에 깊이를 부여하고 있다. 이제 가난을 극복하여 "훤칠한 집을" 짓고 있노라 자부심이 생길 때 새삼 인정받고 싶은 대상이 아버지이기도 하다. "저승길이 아무리 멀다 하더라도 한 번 오실 때도 됐잖아요. 술상 조촐하게 봐놓고 기다릴 테니"(「집」). 둥그렇게 솟은 아버지의 "무덤 앞에 / 엎드린 장년의 사내" 유용주는 "벼랑 끝에서 바닥까지 피 흘렸던 / 무덤 주인의 몸부림"을 잘 알고 있기에 "아버지, / 더 평평해지세요"라며 무념무상의 자연으로 돌아가기를 기원하기도 한다.(「11월」)

아이의 어른 되기와 관련하여 「아름다운 시절」과 더불어 주목하게 되는 시는 「꺼먹 고무신」이다. "국민학교 4학년 때 옴팡집에 돌아왔더니 / 피비린내 자욱한 곳에서 쌕쌕 잠을 자고 있던 아이"라고 하였으니 막내 동생 「늦둥이」는 유용주 나이 열한 살 즈음 태어났으리라. 그로부터 이 년 뒤 아버지는 "반신불수 어머니 업고", "광주 큰 병원"으로 떠난다. "이제 막 두 돌 지난 녀석을 내게 맡겨놓고 겨울 아침 허이허이 가셨다 내게 남겨진 건 똥기저귀와 때맞추어 쇠죽 쑤어 바쳐야 될 늙은 소, 허청에 물거리 몇 짐, 썰렁한 부엌과 너무 커서 그림자에 놀라는 방, 설거지와 멜빵 늘어진 지게와 무식하게 내려쌓이는 눈뿐이었다". 홀로 남겨진 데 따라 어린 유용주가 맞닥뜨려야 했던 불안, 이에 더해진 늦둥이·늙은 소에 대한 책임감이 얼마나 버거웠을까. 이집 저집 부엌데기로 떠돌던 누나가 한 번 다녀갔을 때 애면글면 매달리고 있던 모습을 보면 이는 능히 짐작할 만하다.

어른이 된다는 것은 제 앞에 놓인 문제를 어떻게든 스스로 감당해내야 한다는 사실을 의미한다. 십대 전반기에 벌써 "슬픔이나 외로움은 한꺼번에 들이닥치는 무서운 놈"이라는 사실을 깨달아야 했던 유용주는 훗날 시인이 되어 자신이 "우리 主 容珠 그리스도"임을 선언한다. 자기 삶의 주체主體가 바로 제 자신임을 내세우는 장면이다. 따라서 유용주의 세계에서 자신의 십자가를 떠메고 골고다 언덕에 오르는 부류의 시편들은 그러한 선언의 기원을 드러낸다는 데 의미가 놓인다고 정리할 수 있다.

3. 거대서사가 사라진 시대, 역사는 어떻게 이어질 수 있는가

유용주는 스스로를 구원할 그리스도가 되기 위하여 자기 삶의 주主가 자신임을 선포하였다. 이는 타인에게도 동일하게 적용해야 할 덕목이어야 한다. 자기 삶의 주가 되지 못한다면, 그는 특정 목표의 달성을 위한 도구로 전락하고 말 위험이 크기 때문이다.

주변 인물들의 개별적 삶의 면면을 구체적으로 형상화해 나가는 유용주의 작법은 이와 연관된다. 이에 해당하는 시편들은 크게 두 갈래로 나뉜다. 첫 번째는 동료 문인들을 대상으로 삼은 경우다. 「위대한 표어」처럼 대상 김종광의 개성이 부각된 시편이 있기는 하지만, 윤중호·박영근·김지우의 부재를 읊은 「건널목」·「취생몽사」·「머나 먼 항해」·「흙비」 등에서 확인할 수 있듯이, 이러한 갈래의 시편들은 주로 죽음과 관련이 있다.

왜 하필 동료 문인들의 죽음인가. 「중견中犬」을 보건대, 그가 지향했던 삶의 지평이 문인들을 매개로 펼쳐졌기 때문인 듯하다. "각종 성인병을 쓰러진 술병처럼 달고" 다니는 상황에 처하고 보니 선배·동료의 부재가 새삼 크게 다가섰던 것. "몸과 마음 시퍼렇게 독이 올라 문학 공부를 시작한 뒤로 멀리서 바라보며 존경했던 김현, 김남주, 고정희 선생님 흙이 되어 돌아가시고 술자리에서 몇 번 만났던 기형도, 이연주, 진이정도 물이 되어 흘러가 버리고 김소진도 가고 중호 형도 가고 김강태, 임영조 선생님 가시고 가까이 모시며 숨소리까지 배우려 했던 명천 선생께서도 관촌 마을 소나무 뿌리로 돌아가시고" 떠나간 문인들이 한 명씩 호명되는 과정에서 그들에 대한 애정이 느껴지기도 하지만, 그들 방향으로 기울어져 있다는 시인의 자각은 더욱 크게 다가온다. 『은근살짝』의 표사에서, 『서울은 왜 이리 추운 겨』의 해설에서 안상학·김정환이 유용주의 안위를 걱정하고 있거니와, 이들 시편들은 시인의 좋지 않은 건강 위에서 읽을 수 있겠다.

다른 갈래는 문단 바깥 사람들을 대상으로 삼은 경우다. 동생

·딸을 읊고 있는 「늦둥이」·「시골 쥐」는 한 줄씩 한 줄씩 이력 및 처지를 풀어가는 방식이 인상적이다. 세세한 성장 과정이 한 줄씩 축적될 때마다, 인물의 특징이 하나씩 드러날 때마다 서사의 진행이 이뤄지는 한편, 시가 마무리될 때 문득 대상에 대한 시인의 깊은 애정이 돋을새김된다는 사실이 예사롭지 않기 때문이다. 「한량」의 '재철이 양반', 「푸른 집 푸른 알」의 '병준이', 「기름장어」의 '문기 형님'을 형상화하는 작법도 「늦둥이」의 경우와 크게 다를 바 없는데, 여기서는 해학의 요소로써 대상을 끌어안는 면모가 두드러진다. 하나의 사건을 제시한 뒤 이를 매개로 '순길이'의 성격·'병준이'의 나이를 부각시키고 있다는 점에서 「고래」·「동행」은 이들 시편들과 전개 방식이 다르다. 작법을 둘러싼 유용주의 다양한 시도는 이 지점에서 확인하게 된다.

그 외에는 사회 현실을 비판한 작품들이 있다. 이들 가운데 시인의 방식이 잘 드러난 시편은 「자화상」일 것이다. 유용주는 뇌졸중으로 쓰러졌다가 겨우 살아난 바 있다. "죽음 직전까지 갔다 온 뒤"라는 기술은 이를 가리킬 터이다. 그러한 그가 박근혜 정권에 맞서 펼쳤던 투쟁이 4연에서 펼쳐지고 있다. 그렇지만 저항의식보다 앞섰던 것은 세월호 참사로 희생된 아이들에 대한 죄책감이다. "무슨 소용이란 말인가 / 아이들이 그렇게 많이 죽었는데 / 몸은, 일찍 없어져야 할 물건 아니냐 / 아직 숨이 붙어 있구나 / 밥을 꼬박꼬박 챙겨 먹고 있구나"(5연). 망조 든 나라의 운명과 반비례하는 자신의 목숨을 부끄러워하는 데서 사회의 아픔을 품는 유용주의 방식이 드러난다. 거대서사의 신화가 신뢰를 상실

한 이 시대, 우리는 어떻게 역사를 만들어 나갈 수 있을까. 각자가 자기 삶의 주가 된다는 자율성을 존중하되, 상처의 공유 안에서 운명 공동체로 일어서고자 하는 유용주의 세계관은 이에 대한 답변을 마련하는 데 분명 유효한 바 있을 터이다. 물론 동병상련을 매개로 가난한 이들의 공존 가능성을 내보이고 있는 「닭 이야기」의 사례 또한 이에 포함되어야 하겠다.

4. 유용주의 뻥과 장자의 나비 꿈

유용주가 세계의 운행을 어찌 파악하고 있는가는 「구절리 가는 길」에 잘 드러나 있다. '산 속에 들어앉은 돌'이란 자연의 체體를 가리키고 있을 터이다. 자연의 질서와 합치된 이를 일러 선인이라 하는바, 선仙이란 사람과 산(=자연)의 결합이 아니겠는가. 일찍이 소월 역시 「산유화」에서 자연의 비유로써 산을 내세운 바 있다. 또한 동양 산수화에서 바위는 자연의 골격을 상징하는 만큼, 저 돌은 자연의 체일 수밖에 없다. 자연의 체가 운동을 하면[用], 사물의 분화와 변화가 나타난다. 그러니까 돌 속의 나무·물·꽃·단풍은 자연의 분신(分身 = 物)이며, 자라고·흐르고·피고·지는 일련의 과정은 자연의 흐름[事]에 해당한다는 것이다. 그렇다면 운동은 어떠한 형식으로 전개되는가. 대대待對 관계인 양과 음의 교차를 통해서이다. "물 속에 하얀 돌 자라네 / 돌 그림자 속에 검은 물고기 자라네". 15행의 돌아간다는 표현 또한 양('하얀') / 음('검은')의 순환[回]에서 파생한 것이기도 하다.

사람에 관한 진술은 자연의 체 · 용이 전제된 뒤에야 비로소 등장한다. 아무리 오만방자하게 굴어봐야 사람 역시 그 질서 안에 머무를 수밖에 없기 때문이다. 뿐만 아니라 시인은 사람의 존재를 "물 그림자 속에" 배치해 놓고 있다. 자연의 용으로써 드러나는 상相의 관점에서 사람을 이해하고 있는 셈이다. 상이란 체의 용에 따라 출현하였다가 가뭇없이 사라지고 마는 것. 그러니 "크나큰 침묵"이란 생멸生滅을 낳는 자연의 도를 가리킨다고 하겠다. 「채근담을 읽었다」에서 유용주는 나무 · 돌 · 물이끼 · 고동 따위는 그냥 지나치면서 왜 하필 "살얼음이 깔려" 있는 데 흔적으로 남은 오소리 · 고라니 · 너구리 · 담부 떼 · 멧돼지의 발자국에는 눈길을 멈추고 있는 것일까. 부재로써 존재를 드러내는 방식이 생멸의 교차와 닮아있는 까닭이다. 그가 보고파 하는 "썩어 거름이 된 삶" 또한 이와 무관치 않다.

시인은 "천 년 해소 기침에 시달린 수룡골 늙은네"를 그리거나(「놀양목」), 스러지는 "저, 저놈의 가을 햇빛 !"을 안타까워한다(「아까운 놈」). 인생 황혼녘에 유람 나선 노인들의 모습을 포착한 시편도 있다(「노을」). 이들은 조만간 사라지고 말 운명이라는 데서 공통점을 드러낸다. 그 반대편에 놓인 작품은 구스타브 쿠르베의 〈세상의 기원〉을 활자화시켜 놓은 듯 느껴지는 「구멍 · 1」이겠다. 그러니까 시인의 관심은 존재의 유무가 교차하는 지점에 놓여 있다는 것인데, 삶이 죽음을 끌어안고 전개된다는 이러한 인식은 장자의 유명한 나비 꿈과 겹쳐지는 바 있다. 각각의 존재가 자연의 분신이니, 죽음을 공통분모로 하여 장자와 나비는 서로의 자리를 뒤바꿀 수 있었고[物化], 한 마디의 생을 한바탕 꿈이라 이를 수도 있었다. 유용주의 「묵언默言」은 이를테면, 그러한 질서와 하나가 되려는 시도 아닌가.

호방·분방한 상상력이 돋보이는 「빵이라고 했다」는 그러한 시도를 가로막는 조건과 관련된다. "지금은 사라져 다시는 볼 수도 들을 수도 없는" 것들을 하나하나 떠올리다가 유용주는 마침내 "강이 흐느끼는 소리를 들었다 / 산이 우는 소리를 들었다"에 도달하고 있다. 근대 과학주의에 맞닥뜨려 결국 자연이 직면하게 된 상황이 드러나는 순간이다. 시인은 이명박 정권이 벌였던 4대강 사업의 비극과 대면하여 이 시를 쓰지 않았을까. 기실 유용주는 자연에 의탁하여 사회 현실을 드러내는 데 일가견을 자랑하는바, 「소한小寒」은 대표적 사례로 꼽을 만하다. "물이 얼면 소리가 막히는 법"이라면서 한겨울 엄혹한 상황을 읊고 있는 이 시는 이명박-박근혜로 이어지는 정권을 겨냥하고 있다. 「군불을 피우면서」 "한꺼번에 아궁이에 처넣어도 / 시원찮을 놈들"을 질타하던 그가 여기서는 "봉화산"으로 눈 돌리고 있으니, 정화의 봉화烽火가 타오르기를 염원하는 태도가 느껴지기도 한다. 이명박-박근혜의 적폐 세력이 (촛)불의 힘으로 권좌에서 내쫓긴 사실은 우리가 이미 목도하는 바다.

『가장 가벼운 짐』에서 출발한 유용주의 시작詩作이 『크나큰 침묵』과 『은근살짝』을 거쳐 『서울은 왜 이리 추운 겨』에 이르기까지의 변화를 살펴보면, 줄곧 스스로를 비워 나가는 과정이었음을 확인할 수 있다. 마지막 시집에 이르러 본질로서의 공空을 다룬 시편들이 많아졌다거나, 타인의 처지와 이력을 보듬는 작품들 역시 두드러진다는 데서 이는 증명된다. 비교하건대, 앞서 발표된 시집들에서는 자신의 경험과 내력을 돌아봄으로써 근거를 마련해 나가는 면모가 보다 주류를 이루었다고 할 수 있다. 하지만 이러한 변화는 단절의 양상으로 치닫는 것이 아니니 굳이 대립시켜 이해할 필요는 없다. 다만 환갑 맞은 유용주가 어떻게 골고다 언덕에 오르는가를 가늠하기 위하여 첨언할 따름이다. 이는 "우리 主 容珠 그리스도"가 자기 스스로 구원해 나가는 양상과도 관련이 있겠다.

십자가를 메고 골고다 언덕에 오르는 또 한 명의 목수여, 「긴 하루 지나고」 "더는 속을 수 없다는 듯/ 흙 속으로 스며" 들지라도, 부디 끝끝내 "눈부시게 피어나는 소금기둥 하나"로 우뚝할 수 있기를(「투명한 땀」). 오래토록 오르막길 오르며 고단했을 시인에게 보내는 축언으로 이 글을 마무리한다.

낙엽

초판 1쇄 발행 2019년 6월 12일

지은이 유용주
펴낸이 조기조
펴낸곳 도서출판 b

등록 2003년 2월 24일 제2006-000054호
주소 08772 서울시 관악구 난곡로 288 남진빌딩 302호
전화 02-6293-7070(대) 팩시밀리 02-6293-8080
홈페이지 b-book.co.kr 이메일 bbooks@naver.com

ISBN 979-11-89898-03-8 03810

값_10,000원